いぬかみっ！
EXわんわん!!

●

有沢まみず
カバー・本文イラスト／松沢まり
口絵イラスト・キャラクターデザイン／若月神無

いぬかみっ！
EXわんわん！！
有沢まみず
カバー・口絵・本文イラスト／松沢まり
口絵イラスト・キャラクターデザイン／若月神無

CONTENTS

Design:Hirokazu Watanabe[2725 Inc.]

第一話

夜風
～The Night Wind～

それは決まっていたことだった。

その家で最初に生まれた子供は必ず山神《やまがみ》に取られる。

それは決まっていたことだった。

山神に逆らうことは誰《だれ》にも出来《でき》ないのだと……。


結局、共に過ごせた日々はそんなに長くはなかったが、後悔はなかった。彼のことが本当に好きだったから……。

彼はほっそりとした体格のカメラマンだった。イベントコンパニオンのアルバイトをしている時、彼と出会った。

銀縁眼鏡《ぎんぶちめがね》の奥から覗《のぞ》く、はにかむように柔和《にゅうわ》な目が魅力的で、ゆっくりと低い声で喋《しゃべ》る、折《お》り目《め》正しい言葉遣《ことばづか》いに惹《ひ》かれた。

周《まわ》りの人間は「地味な人だよね」と彼を評していたが、彼女にはそうは感じられなかった。彼はいつも穏《おだ》やかな、自然な光に包まれているように彼女には見えた。

篤実《とくじつ》な性格の彼と付き合うようになって、自分があまり華やかな都会生活に向いていなかったことを知った。ただ整った容貌故《ようぼうゆえ》に半分流されるままに芸能プロダクションなどに所属し、生活の糧《かて》にしていたのだ。

大学を卒業すると同時に彼からのプロポーズを受け入れ、家庭に入った。しばらくは二人だけの和《なご》やかで、落ち着いた日々が続いた。有《あ》り体《てい》に言って幸せだった。暖かい春の日だまりのような雰囲気《ふんいき》の彼とゆっくりと深呼吸をするように、肩の力を抜いて、人生を共にしていく。彼女が長らく求めていた安らぎがそこにはあった。

結婚する前から漠然《ばくぜん》と聞いてはいたが、彼はとある地方の旧家《きゅうか》の出だった。莫大《ばくだい》な面積の山野を所有し、その地方の官吏《かんり》から財界まで様々な分野に人材を輩出《はいしゅつ》している素封家《そほうか》。ただ彼の早くに亡くなった父親が本家《ほんけ》とは折り合いが悪くて、彼はその本家に顔も出したこともないのだと笑って語っていた。

彼女はそのことを特に深く考えたことはなかった。

実際、二人が生活していく上で、彼がどのような出自《しゅつじ》であろうと、それは関係ないことだった。ただ今日の夕飯はどんなメニューにしようかとか、明日のゴミ出しは互いに忘れないようにしなきゃ、とか、そんな日常の雑多なことの方《ほう》が二人には大事だった。

ところがちょうど彼女の妊娠《にんしん》が判明し、二人で喜び合った幸せの絶頂の頃《ころ》、その生活に暗雲が立《た》ち籠《こ》め始めた。

一通の手紙が彼らの住居へ舞い込んだのだ。

白い封筒《ふうとう》に達筆《たっぴつ》で宛名が書かれている。差出人は彼の祖母に当たる人物からだった。彼は便《びん》箋《せん》に認《したた》められた文章を読んで表情を曇《くも》らせた。端的《たんてき》にまとめると、彼の叔父《おじ》に当たる人物が急死し、跡継《あとつ》ぎになる男子がいないため、本家へすぐに帰ってこい、という内容だった。彼は困《こん》惑《わく》した。そもそも彼はこの手紙の差出人である自分の祖母にすら会ったことがない。それに既《すで》にこちらで生活の基盤《きばん》が出来上《できあ》がっている。それを一方的に帰ってこい、というのは理不尽《りふじん》を通り越して、なにやら不気味《ぶきみ》な印象すら覚えた。

それでも彼は丁寧《ていねい》にまだ見ぬ祖母に断《ことわ》りの手紙を返した。

〝誠《まこと》に申《もう》し訳《わけ》ありませんが、私はこちらで結婚もして、子供も近々出来る予定です。ですので、そちらに戻《もど》ることは出来ません〟

という趣旨《しゅし》で礼を尽《つ》くした。

だが、一週間ほどして再びその祖母から手紙が届いた。封《ふう》を破ってみて、便箋《びんせん》に目を走らせ、彼は思わず深く落胆《らくたん》の吐息《といき》をついた。

全《まった》く状況は変わっていなかった。

祖母は何もこちらの事情を理解していないようだった。黒蛇《くろへび》が這《は》うような文字で、〝早く戻ってこい〟という文言《もんごん》を繰り返しているに過《す》ぎなかった。一瞬《いっしゅん》、自分の送った手紙が相手に届かなかったのかとさえ思った。

だが、文章の末尾に〝お前がどうこう言おうとこれは決まっていることだから〟と記《しる》されているのを見て、祖母は自分からの手紙を読まなかったのではなく、ただこちらの立場を一切《いっさい》考慮していないだけなのだと悟《さと》った。

「どうするの？」

と、少しだけお腹《なか》の目立ち始めた彼女に不安そうに尋《たず》ねられ、彼は、

「仕方ない」

と、肩をすくめ、笑った。

「無視するさ」

それは自分の伴侶《はんりょ》に可能な限りの安心を与えようとする男の笑顔だった。

「大丈夫。手紙くらいなら無視すればいい。もし、もっと何かしてくるようなら、その時は改めて考えるよ」

まだ何か言いたげだった彼女もそれで口をつぐんだ。

二人とも漠然《ばくぜん》と予感していた。

これで決して終わりではないのだと……。

案《あん》の定《じょう》、祖母から再三、手紙が届いた。最初は一週間ほどの間隔を開けていたが、徐々にその頻度《ひんど》が高くなり、最終的にはほぼ毎日、手紙が届くようになった。彼は努《つと》めて顔色を変えず、その全《すべ》てをゴミ箱に叩《たた》き込《こ》んだ。

彼女は出来るだけそのことに触れないようにした。

溜《た》まった手紙を燃えるゴミの日に出すことが二人の新たな慣習になった。彼女のお腹がだいぶ丸みを帯びて、電車に乗っている時に席を譲《ゆず》られるようになる頃《ころ》、ちょっとした変化が起こった。本家《ほんけ》の弁護士を名乗る者から手紙が届いたのだ。

彼は法曹《ほうそう》の世界にいる者からの覚えのない手紙に戸惑《とまど》いながらも、中身を読んでみた。そして後悔した。

それは結局のところ祖母の手紙となんら変わるモノではなかった。小難しい言い回しをしてはいたが、最終的には、

『本家に戻《もど》ってこい』

と、言っているに過ぎなかった。彼はそれもまた祖母の手紙と一緒にゴミ箱に叩《たた》き込《こ》んだ。たとえ弁護士が絡《から》もうと彼を帰郷させる法的な拘束力《こうそくりょく》はない。そのことは知っていたが、気分は悪かった。

そしてその日を始まりに様々な手紙が彼と彼女の家に舞い込むようになった。

本家《ほんけ》の大叔父《おおおじ》。分家の又従兄弟《またいとこ》。叔母《ばば》。あるいは本家と関係を持っている会社の役員や本家が居《きよ》を構《かま》える地方の行政官。差出人や、手紙の種類は全て違《ちが》っていたが、その趣旨《しゆし》は全《まった》く一緒《いっしょ》だった。

『とにかく本家に戻ってこい。それが決まっていることだから』

全ての手紙が言《げん》を替え、句を変え、そう語りかけていた。

薄気味悪《うすきみわる》い程に大量の手紙が毎日毎日、彼と彼女の家に届くようになった。彼は出産を控《ひか》えた妻を気遣《きづか》って、青白い顔をして、

「ごめん、僕のせいで」

と、そう謝《あやま》った。

彼女は微笑《ほほえ》みながら黙《だま》って首を横に振った。

彼に非はないのだ。ただ奇妙《きみょう》な一族に生まれついたというだけで。二人は結局、逃げるようにして別の家へ転居した。そして彼女が子供を産んだら彼だけでも本家に赴《おもむ》いてきちんと話をつける、と話し合いでそう決めた。

だが、家を移しても一体どこでどう調べたのか、手紙はポストの中に舞い込み続けた。いや、さらに酷《ひど》くなった。今までの祖母や本家の関係者からの手紙に加えて、次第《しだい》に支離滅裂《しりめつれつ》な内容の葉書などが届くようになった。差出人もよく分からない。目眩《めまい》のするような汚い、のたくったような文字で、ただ、

『帰ってこい』

とだけ、延々と繰り返している不《ぶ》気味な葉書の数々。

『帰ってこい。それが決まりだから』

彼は出来《でき》るだけそれらを彼女に見せないようにした。彼女も出来るだけそれらには触れないようにした。

『帰ってこい、それが決まりだから』

彼だけがその手紙に接し続けた。本当はただ淡々と破棄《はき》したかったのだが、段々と無視できないような禍々《まがまが》しい内容が書かれ始めたのだ。

『帰ってこい。本家の子供は最初の子供は』

鎌《かま》、と差出人に書かれていた。

子供のような筆跡《ひっせき》で、真っ赤な墨汁《ぼくじゅう》が使われていた。

まるで血の花が咲いているよう見えた。

『どうあっても変わらぬ。貰《もら》う。貰い受ける。やくじょうじょう』

鉈《なた》、と差出人に書かれていた。

同じような文体と筆運び。

ほんの微《かす》かな獣臭《じゅうしゅう》が葉書全体から漂ってきた。

『帰ってこいこい。貰う子供。最初の子供』

斧《おの》、と差出人に書かれていた。

読んだ瞬間、震《ふる》えが走った。彼は本能的に悟《さと》った。この手紙の差出人たちはこの世の者ではないと。そしてとうとう彼女が破水《はすい》を迎え、病院で出産に臨《のぞ》んだ後《あと》、一通の決定的な手紙が産院に直接届けられた。

『帰ってこない。しかたない。子供、とりに、とりにいく。これ決まり。山神《やまがみ》いちど』

鉈、鎌、斧の三人の連名だった。彼は一つの決心をした。もはやこれは自分たちの手には負えない。その道の専門家を呼ぼうと。

彼は彼女が生まれたばかりの赤ん坊と共に家に戻《もど》ってきた時、そのことを告《つ》げた。

「そんな決まりなんか」

と、彼は珍しく感情を露《あらわ》にして拳《こぶし》を握りしめていた。

「そんな決まりなんか」

それに対して彼女はやや困惑気味《こんわくぎみ》だった。

彼女としてはその葉書を見せられても、あくまで人為的《じんいてき》な嫌《いや》がらせの類《たぐい》としか思えなかった。その手紙が産院の待合室の棚に、彼がほんのちょっと目を離したすきに置かれていたと聞かされても、薄《うす》気味悪く思いこそすれ、彼が主張するような超常《ちょうじょう》的な何者が絡《から》んでいるようにはとても思えなかった。あくまで常識的な判断。

大まじめに霊能者《れいのうしゃ》を呼ぶと語る彼に、それであなたの気が済むのなら、とだけ答えるに留《とど》めた。それよりも彼が本家《ほんけ》に戻って話をつける方が遥《はる》かに実効的なのに、と内心思っていた。ほどなく彼は使えるツテを全《すべ》て使って最高の霊能者と連絡がとれるかもしれない、と嬉《うれ》しそうに彼女にそう報告してきた。

彼女は表面上は頷《うなず》きながらも彼がインチキな霊能者に騙《だま》されようなことにならなければいいけど、と不安を覚えていた。

そして迎えた運命の日。

彼は珍しく早朝から仕事が入っていて、朝食もそこそこに家を出て行った。彼女はその時は特に予感めいたモノも感じることなく、半分、寝ぼけ眼《まなこ》で彼を家から送り出した。後になって後悔した。

もっと話をしておけば良かった、と。

熱を出しても良かった。

その場で足を挫《くじ》いても良かった。

とにかく彼の注意を引いて、彼を家から出さなければ良かった。百万回後悔した。だが、神ならぬ身の彼女は知るよしもなかった。

彼はそれっきり二度と家に帰ってくることはなかったのだ……。

生まれたばかりの赤ん坊と彼女を残して。

死因は交通事故。ハンドル操作を誤《あやま》ったトラックが歩道を乗り越えて、スタジオへ急いでいた彼を跳《は》ね飛《と》ばしたのだそうだ。

即死だったらしい。

病院で聞かされてもぴんとこなかった。

トラックを運転していた運転手は薬物かなにかをやっていたのだそうだ。大きな怪物《かいぶつ》が三体、車道に立《た》ち塞《ふさ》がっていたから思わずハンドルを切った、とそう主張している。そんなことを実《じっ》況見分《きょうけんぶん》に立ち会った警察官から説明された。

だが、そんなことどうだって良かった。

霊安室《れいあんしつ》で白い布を顔に被《かぶ》せられ、横たわる彼を見て、膝《ひざ》から崩れ落ちながら、止めどもなく涙を流しながら思っていた。

ああ、もう本当に取り返しがつかないんだな、と。

感情が凍《こお》りつき、彼女の時は全《すべ》て止まった。ご飯を食べていないのに、空腹を感じることなく、一睡《いっすい》もしていないのに疲《つか》れを感じることはなかった。ただ、生まれたばかりの我が子の世話だけを機械的にこなした。

そんな中、亡くなった夫の通夜《つや》を迎え、滞《とどこお》りなく葬式《そうしき》を済ますことが出来《でき》たのは彼女の姉が彼女に代わって実務《じつむ》一切《いっさい》を取り仕切ってくれたからだ。彼女は若い頃に両親を亡くしていたが、このしっかり者の姉がいたからこそさして不自由を感じることなく学業を全《まっと》うできた。

今回も姉はずっと放心状態の彼女に代わって様々な手続きをこなし、そつなく全てを差配《さはい》してくれた。

だが、そんな姉も納骨が済んだ後《あと》、彼女に向かってやや手厳《てきび》しい口調《くちょう》で言った。

「これからはあんたがしっかりしないとダメだよ」

姉は彼女と彼女の腕の中でむずがっている赤ん坊を見て、

「これからはあんたがその子を守ってあげなきゃいけないんだから」

彼女はそのとたん張《は》り詰《つ》めていた感情がどうしようもなく決壊《けっかい》するのを感じた。彼の遺体《いたい》と向き合った時から乾ききっていた涙が後から後からぽろぽろと溢《あふ》れ出《で》た。

「でも」

と、彼女は首を振った。

「わたし」

率直な弱音《よわね》を吐露《とろ》した。

「どうしていいかもう分からない」

首を振った。何度も首を振った。それは本音《ほんね》だった。

「本当にどうしたらいいか……あの人がいなきゃ」

叶《かな》うことならこの子と二人で彼の後《あと》を追いかけたかった。姉は痛ましそうな、険《けわ》しい表情でずっと彼女を見つめていた。

「……」

ただ無言だった。


夜、姉が帰っていった後、すやすやと眠る赤ん坊と二人っきりがらんと広くなった家に座っていたら電話が突然、鳴り出した。彼女は立ち上がって受話器を取りながら、初めて自分が辺《あた》りが暗くなっても明かりもつけずにぼうっと放心していたことに気がついた。

「はい」

と、夫の姓を名乗った時、ずきんと胸が痛んだ。相手は亡くなった彼の大学時代の友人で、遠方に住んでいるにもかかわらず、葬式《そうしき》に参列してくれた人だ。

その友人は、

「実はですね、亡くなるちょっと前、あいつから」

と、亡くなった彼から、その友人の郷里で有名な霊能者《れいのうしゃ》に連絡を取るよう頼まれていたことをやや性急《せいきゅう》な口調《くちょう》で話し出した。

「でも、結局あいつが生きているうちには間に合わなくて……で、僕も気になって、あいつが亡くなってから改めてその霊能者に連絡を取ってみたんですよ。そうしたらその霊能者が言うにはですね、今度はあなたとあなたの子供が危ないかもしれないとそう言ってですね」

しくんと。

心の中で何かが突き刺さった。腹が立った。

なぜ放っておいてくれないのかと思った。夫の友人も。その霊能者も。

だから、彼女は、

「ごめんなさい。今はちょっとそういったお話は」

と、謝罪して、強引に電話を打ち切ろうとした。するとその友人が、

「あ、で、でもその霊能者は本当に」

と、何か慌《あわ》てて言《い》い募《つの》ろうとしていたが、その前に彼女は受話器を置いてしまった。深い悲しみと滲《にじ》み出《で》てくるような悔《くや》しさだけが残った。どうせインチキな霊能者がなにやかやと申し立てて夫を亡くしたばかりの未亡人から幾許《いくばく》かの金銭をむしり取ろうとしているのだろう。彼

女にはどうしてもそうとしか思えなかった。

わざわざ電話をくれた彼の友人には申《もう》し訳《わけ》ないが。

身も。

心も。

疲《つか》れ果《は》てていた。

薄暗い廊下に立ち尽くし、ぼんやりと電話機を見下ろしている。

と、ふと。

「わあああああああああああああああああ！」

居間の方《ほう》で突然、彼女の子供が火が点《つ》いたように泣き始めた。彼女はびくっと顔を上げた。

困惑《こんわく》し、慌《あわ》てて小走りに居間に戻《もど》った。

彼女の記憶にある限り、聞いたことのないような子供の泣《な》き方《かた》だった。おしめが濡《ぬ》れているのでも、お腹《なか》が空《す》いたのでもない。もっと根源的な。

何かに恐怖しているような泣き方！

彼女はベビーサークルの中に寝ている我が子を取り上げ、揺《ゆ》すって、あやした。

「どうしたの？　どうしたの？」

おろおろと声が出た。赤ん坊の恐怖が自分にも伝わったかのようだった。急速に胃のふちがずんと重くなるような不安感に駆られた。

なぜだろう?

しんとした静寂《せいじゃく》の中に響き渡る赤ん坊の泣き声が、まるで何かの警報を告《つ》げるサイレンのように不吉に感じられた。

がさっと窓の向こうから物音がした。彼女がいる部屋はマンションの一階。塀《へい》で囲われた中庭に面している。

彼女は反射的にそちらに目を向け、

「!」

思わず身を硬直《こうちょく》させた。

〝なに!?〟

頭の中で声にならない悲鳴を上げていた。

〝なんなの、あれ!?〟

それは異形《いぎょう》の存在だった。最初は泥棒《どろぼう》かと思った。

だが、泥棒ではあり得なかった!

まず大きさが違《ちが》った。形も違った。

縦にも横にも。

ずんぐりとした形。郵便ポストのように角張《かくば》った肩。動物!?

「あ」

彼女はよろめいた。外の水銀灯がその怪物《かいぶつ》を逆光になる形で照らし出していた。毛深い。鈍《にび》色《いろ》に光る巨大な目玉。

猿。大きな、大きなそれは猿だった。

ただ、瞳《ひとみ》だけが異常なほどにバランスが悪く、巨大で、まるで深海魚のように黄色く不気味《ぶきみ》に輝いていた。そんな異形《いぎょう》の存在がいつの間にか中庭に入り込んで、身体《からだ》をかがめて室内を覗《のぞ》き込《こ》んでいるのだ。

怖気《おぞけ》が立った。

赤ん坊の泣き声が更《さら》に苛烈《かれつ》になった。

その怪物の手に鉈《なた》が握られているのが見えて。

それが水銀灯の光を浴びてぎらりと光っているのが見えて。

「～～～～～～！」

両手で思わず悲鳴を押し殺したその時。

「こども貰《もら》う。もららう」

擦《かす》れた、ひしゃげた声が聞こえてきた。

い、い、い、部屋の中から。

振り返りたくなどなかった。

だが、生臭《なまぐさ》いケモノの息が背後から吹きつけられてきた時からもう本能では確信していた。

ただ理性が頑《かたく》なにそれを認めようとしなかったのだ。

彼女は表情を歪《ゆが》めて振り返った。

ほんのわずかばかりの可能性。

理性の勝利を信じて。

しかし。

「こども！　ほんけのさいしょの子供はオレたちがもらう！　そ、そ、それが決まり！」

現実は彼女の常識をあっさりと打ち破った。一体どうやって入ってきたのか、窓の外にいる怪物と全《まった》く同じような形をした怪物がもう一匹、居間のソファの上に片足をのっけて、こちらにぬうっと顔を近づけていたのだ。

「〰〰〰〰〰〰〰〰〰〰〰〰〰〰〰〰〰〰〰〰〰〰〰〰〰〰〰〰〰〰〰〰〰〰〰！」

失神しなかったのがいっそ不思議《ふしぎ》だった。彼女はよろめき、喚《わめ》いていた。言葉にならない叫びを延々《えんえん》上げ続けた。

赤ん坊の泣き声はそれに輪をかけて酷《ひど》くなっていた。目の前の怪物が顔をしかめた。突然、背後でガラスが割れる音がした。

ざい。

がちゃ、ぐちゃ。

何かが軋《きし》み、砕《くだ》ける音がしてぬうっと生暖かい体温が背後に感じられた。絶望に駆られてそちらを確認した。

いっそ気が狂ってしまいたかった。先ほどの中庭にいた一匹。そしてあろうことかそれ以外にもう一体の化け物《ばけもの》がこの居間に窮屈《きゅうくつ》そうに身体《からだ》をかがめて入ってくるところだった。背後に二匹。目の前に一匹。

計三匹の怪物《かいぶつ》たち。それぞれ鉈《なた》と鎌《かま》と斧《おの》を持っている。

「〰〰〰〰」

放心していた。

呆然《ぼうぜん》としていた。

頭が完全に真っ白になっていた。三体は彼女と依然《い》、火が点《つ》いたように泣き続ける赤ん坊を中心にするようにのそのそと歩み寄ってきて、彼女らを取り囲んだ。

彼女は逃げる気力すら失っていた。

夢だと信じたかった。

こんなことはありえないと。

三体の怪物たちが彼女の頭越しに話し出した。

「んで、このおんな、どする？」

「いらね」

「いらねか？」

「いらね」

「いるのはこどもだけか？」

「いるのはああ、赤ん坊だけだあ」

相談がまとまり、そして。

そのうちの鎌を持った一体が、

「んじゃ。頭でも刈ろ。いらねえオンナの頭でも刈ろう」

突然、ひゅんと持っていた鎌を無造作《むぞうさ》に横合いに薙《な》いだ。怪物たちの会話を聞いて、腰《こし》を抜かすようにその場にへたり込んだのが幸いした。結果的にそれが鎌をしゃがんで避けることに繋《つな》がった。

それでも彼女の髪が幾本《いくほん》か宙に舞った。

間違《まちが》いない。

この怪物たちは間違いなく自分を殺す気でいる！

「お前はいらね。本家《ほんけ》のあととり。子供をとるだけ。お前は」

他の二体も〝ほ～〟と〝ひいい～～～〟と声を上げて、唱和《しょうわ》した。

「お前はいらね！」

斧と鉈の刃がぎらりと輝いて見えた……。

気がつけば玄関から裸足《はだし》で飛び出していた。一体、どうやって振り下ろされる三つの刃物から逃れたのか分からない。ただ赤ん坊を腕の中に抱きしめ、彼女は一散《いっさん》に夜の道を駆けた。逃げなきゃ！

心の中で最大のアラートが鳴っていた。

逃げなきゃ！

逃げなきゃ。

自分が殺される！

そして。

この子が。

この子が怪物《かいぶつ》たちに取られてしまって！

全身に鳥肌が立った。

吐《は》きそうになるのを。

その場で倒れ込みそうになるのを。

踏ん張り、堪《こら》えて、彼女は夜の闇《やみ》を走り続けた……。

ふっ、ふっ、ふっと彼女の背後で街灯の明かりが次々と瞬《またた》くようにして消えていく。そしてその少し上辺《あた》りの上空《じょうくう》を三体の異形《いぎょう》の存在が闇に紛《まぎ》れて、家々の屋根を飛《と》び跳《は》ねながら互いに追い越し追い越されつつ、追いかけていく。

彼らは見下ろす。

笑う。

「ほ～」

「ひ～」

手を叩《たた》いて囃《はや》し立《た》てた。道を走っていた彼女が振り返る。上空の怪物たちを見上げ、怯《おび》えた表情で目を見開いた。

泣きながらさらに足を速める。転がるようにして逃げていく。

怪物たちは笑う。

喜ぶ。

エモノを追いかける……。

彼女は袋小路《ふくろこうじ》に入り込んでしまう。息は切れている。肺は焼けつくように痛い。だが、止まることは出来《でき》ない。

背後に感じる。

異形たちの存在を。彼女を嬲《なぶ》るように追いかけてくるのを。

よろめきながら青いポリバケツを押し倒し、前に進む。

彼女は溢《あふ》れ出る涙を拭《ぬぐ》いながら周囲を見回した。そしてビルの非常階段を見つける。迷っている暇《ひま》はない。焦りながら柵《さく》を開け、もつれるような足どりで階段を登り始める。再び激しく泣き出した赤ん坊を懸命《けんめい》に、

〝ああ、泣かないで。どうか、静かにしていて〟

と、あやし、ぎゅっと抱きしめた。

たんたんたんたんと裸足《はだし》で階段を登っていく。途中で屋内に入ろうとしたが全《すべ》て鍵《かぎ》が閉まっていた。なんとか人に。

なんとか他の人に会えたら！

少なくてもあの怪物《かいぶつ》たちも他の人間に見られるのは嫌《いや》がるはずだ。そう思って人を捜《さが》してきたのだが、夜の遅い時間ということもあってか、一人として他の人間に行き会うことはなかった。彼女は必死で階段を駆け上がっていく。

「ほ～！」

三階の踊り場まで来たところで非常階段の柵に衝撃《しょうげき》が走る。彼女は思わずよろめき壁《かべ》に打ちつけられる。

「こども！　こども！　こども～！」

見て、絶句《ぜっく》。

怪物のうちの一匹が非常階段の外側に取りついていて身体《からだ》をガタガタ揺《ゆ》さぶりながら、毛む

くじゃらの手をぐいっと中に差し込んでくる。

柵越しに強引にねじ込んだ手を動かし、鉈《なた》を斜めに振るった。

「ひ！」

彼女は必死で距離を取り、その刃をかいくぐるようにして踊り場を蹴《け》った。走り、悲鳴を押し殺し、ひたすら上へ上へと目指した。

心の中で、

〝この子だけは！〟

念じていた。

〝この子だけは絶対！〟

守らなきゃ。

守ってみせなきゃ。

でなければ。

「あの人に！」

強く思うのは彼の顔。遠い、手の届かないところにいってしまった彼の顔。

「！」

申《もう》し訳《わけ》が立たない！

突然、空間が広がった。ほとんど白濁《はくだく》した視界の中で、朦朧《もうろう》とした思考の下で、彼女は自分がビルの屋上に出たことを知った。夜風がすっと彼女の身体《からだ》を包んだ。ばたばたと彼女の服がはためいた。

赤ん坊の泣き声がふと止む。

彼女はほっと一息つく。

その瞬間《しゅんかん》。

「！」

強烈な衝撃《しょうげき》を感じて彼女は横合いに吹っ飛ばされた。がんがんごろんとコンクリートの上を転がる。屋上の柵《さく》にぶつかって辛《かろ》うじて動きが止まった。

全身がバラバラになるかと思った。

失神していてもおかしくない衝撃。

あばらに激痛が走り、足に焼けつくような痛みを感じた。どうやら骨に罅《ひび》でも入ったようだ。

だが、彼女は今にも消え入りそうな意識をねじ伏《ふ》せて強引に起き上がった。唇を血の出るほど噛《か》みしめ、懸命《けんめい》に己《おのれ》を叱咤《しった》し、立ち上がった。

気がついていた。

突然、現れた異形《いぎょう》の怪物《かいぶつ》が振るった斧《おの》の柄《え》に自分が打ち据《す》えられたことに。そしてその刹那《せつな》に自分が抱きかかえていた赤ん坊を腕の中から奪《うば》い取《と》られたことに。

「お〜」

「こども、てにはいったはいった」

「ほ〜」

歪《ゆが》んだ景色の中で、三体の怪物たちが赤ん坊をまるで手まりのように手のひらでお手玉しながら喜び合っているのがみえた。

子供は再び火が点《つ》いたように泣き叫んでいる。

その声が。

その悲痛な泣き叫ぶ声が彼女の耳を穿《うが》つ。

彼女の身体を。

痛みを。

怒りが。

凌駕《りようが》した。

「あああああああああああああああ！」

彼女は足を引きずりながら怪物たちの方《ほう》へ躙《にじ》り、詰《つ》め寄《よ》った。必死で赤ん坊を取り返そうと手を広げ、組み付こうと。

だが。

「いらね」

怪物《かいぶつ》のうちの一体が振り上げた足が彼女を蹴《け》り飛《と》ばし、彼女は再び屋上の上を転がされた。身体《からだ》が擦過《さっか》し、全身を激しく叩《たた》きつけられ、本当にしばらく動けなくなった。

想像を絶《ぜつ》する苦痛の中。

でも、彼女は。

「赤ちゃん、私の……あなた」

再び起き上がった。ふらつきながら。もう既《すで》に目の焦点《しょうてん》は合っていない。でも、母親としての強い強い想《おも》いが彼女を駆り立てる。

それを三体の怪物たちはじっと見つめている。

うち一体がこりこりと頭を掻《か》きながら鈍重《どんじゅう》な口調《くちょう》で言った。

「おまえ、いらね？　わかんねえか。おめ、もういらね」

もう一体が飛び跳《は》ねるようにして近づいてきながら言った。彼女の顔を覗《のぞ》き込《こ》みながら、

「わかんねえが？　バ～カ。き、き、きまり！　これ、決まり！」

最後の一体が踊るように身体を上げ下げして、

「ほんけの跡《あと》取りの最初のこどもは必ずオレたちが貰《もら》う。これ、決まり。やくじょうじょう」

三体が声を揃《そろ》えて、

「だから、オレたち、ほんけの皆までは手をださね。本当は皆、とって喰《く》ってもいいけど、そうしね。オレたちやさし、やさし！　だから、代わりにほんけの跡取りの最初の子供、さしだ

す。これ決まり」

彼女は叫んだ。

「あああああああああああああああ！」

怪物たちのうち赤ん坊を抱きかかえている一体に向かって掴《つか》みかかった。赤ん坊を奪《うば》い返《かえ》そうと。この手で我が子を抱きかかえようと。

だが、その怪物は身軽に後ろへひょいっと飛び退《の》いた。それから耳障《みみざわ》りな笑い声を上げる。

「ひゃはははははははは！　かえさね。子供はもうかえさね！」

「オレたち、オレたちのもんだあ！」

「本家《ほんけ》の跡取り、でも、悪気はなかった。殺す気はなかった。オレたち見てただけ。道で本家の跡取り見ていたら、あの鉄の塊《かたまり》、俺たち見て驚いて、勝手に脇道《わきみち》に逸《そ》れて、勝手に本家の跡取りにぶつかったんだあ！　死んだ！　死んだ！　本家の跡取りおっちんだ！」

「でも、子供はオレたち貰う！　それ、関係ね！　オレたち関係ね！　もら、もらもらう！」

「それが約定《やくじょう》！」

「それが決まり！　本家の跡取り、最初の子供はオレたち山神《やまがみ》が貰う！」

頭の中でわんわんと反響音が鳴り響いた。

そうか。

あの人は。

あの人はこいつらに！

この怪物《かいぶつ》たちに殺されたのか！

悔《くや》しさで頭がねじ切れそうだった。怒りで全身の血が沸騰《ふっとう》しそうだった。最愛の。

最愛の人を理不尽《りふじん》に奪《うば》われ。

今、もっとも大事な我が子をこの手から奪われ。

私は！

「あああああああああああああああああああ！」

彼女は再度、怪物たちに挑《いど》みかかる。全《まった》く勝ち目のない戦いと分かってはいても彼女は。せめて怪物たちに一太刀《ひとたち》でも浴びせようと。

泣き叫ぶ我が子を少しでもこの手に抱きしめようと。

彼女は。

身一つで。

ぼろぼろになった身一つで。

超常《ちょうじょう》の怪物たちに挑みかかる。

怪物たちが笑う。それぞれぎらりとエモノを頭上に振り上げながら。

嘲弄《ちょうろう》の笑い声を上げながら。

今まであえて殺さず嬲《なぶ》ってきた取るに足らない存在を斬《き》り刻《きざ》もうと、

「バカ女！　いらね！　おまえ、もういらね！　もう死ね！」

「わかんね！　おまえ、分かってね！　それ決まり！」

「本家《ほんけ》の跡取《あとと》り、最初の子供はオレたち山神《やまがみ》のモノ！　それ、決まり！　決まり！　決まり決まり決まり！　それが分かんねえか？　バ～カ」

「あああああああああああ！」

と、彼女は叫びながら。

泣き叫びながら、渾身《こんしん》の力を込めて願う。

どうか！

あなた。

私に生き抜く力を！

「そんな決まりなんかあああああああああああ！」

その時。

ふうっと空間に静寂《せいじゃく》が走る。ふっと何かが交差する。やがて静かな声。

「そんな決まりなんか」

と、何者かが呟《つぶや》く。どこまでも軽やかに。

そしてなによりも力強い声。

「俺が破砕《はさい》してやるよ」

薙《な》ぐように夜の空を飛《と》び交《か》ったのは黄色い、赤い、白い、色とりどりのカエルの消しゴム。

「戦蛙《せんあ》よ」

たんと屋上にどこからともなく降り立った少年が命じる。

「破激《はげき》せよ！」

その瞬間《しゅんかん》、目も眩《くら》むような爆発《ばくはつ》が斧《おの》を持った一体を包み込こむ。

「ふげえええええええええええええええええええええええええ！」

同時に高らかな少女の声。

「しゅくち！」

彼女は見た。爆炎《えん》の逆光になって少年と少女が二人、自分の前にすっくり立つのを。

「うげ！　うげ！　うがやあああああああああ！」

他の二体は閃光《せんこう》の中で浄化《じょうか》され、消えつつある一体を見ながら呆然《ぼうぜん》としている。彼女もまた声を失い、絶句《ぜっく》していた。

一体いつの間に取り返したのだろう？

彼女の前に立っていた美しい少女がにっこりと微笑《ほほえ》んで、

「はい、あなたの赤ちゃん♪」

と、彼女に彼女の赤ん坊を差し出した。彼女は最初、その光景をどうしても信じることが出《で》来《き》ず、次にお礼の言葉も忘れて思わず少女の腕から奪《うば》い取《と》るようにして我が子を胸の中に抱きしめる。

もう二度と手離さぬよう。

きつくきつく抱きしめながら。

涙が止めどなく溢《あふ》れてきた。

「あはは」

と、少年が手を頭の後ろで組みながら緊張感なく笑った。

「いいですね、子供。俺、結構、子供好きですよ？」

少女がにこにこと笑いながら赤ん坊を覗《のぞ》き込《こ》んできた。

「わ～、ほっぺたぷくぷく♪」

泣いている赤ん坊の頬《ほお》を細い指で突《つつ》く。ようやく彼女は我に返って、

「あ、あの、あなたたちは……」

と、擦《かす》れ声《ごえ》で問いかける。少年がちょっと首を捻《ひね》り、それから二体になった怪物たちをちらっと見た。

不敵《ふてき》ににいっと笑って、

「ま、その話はちょっと後《あと》で。ようこ？　どする？　残り二匹。手伝うか？」

と、少女に向かって尋《たず》ねる。

それに対して少女はくすくす笑いながら首を横に振った。

「ううん、いらないよ。あのくらい、あの程度」

残り二体になった怪物《かいぶつ》たちが最初の衝撃《しょうげき》から回復して新たな敵を認識する。もはや人の言葉を留《とど》めない発声で、

「〜〜〜〜〜〜〜〜〜〜〜〜〜〜〜〜〜〜〜〜〜〜〜〜〜〜〜〜〜〜！」

何事か喚《わめ》くと、

「ひぃ！」

「はあ！」

少年と少女に向かって大きく跳躍《ちょうやく》。襲《おそ》いかかってきた。少女は無造作《むぞうさ》に言《い》い放《はな》つ。冷酷《れいこく》な、妖艶《ようえん》な笑みを浮かべて、

「わたし一人で充分」

ふあさっと髪をなびかせ、と〜んと空に向かって飛び立つ。刹那《せつな》、怪物たちと中空《ちゅうくう》で交差。ひゅんと閃《ひらめ》く刃物と振るわれる少女の手。

とんと少女が再び屋上に降り立つと、

「ひええええええええええええええええええええええええええええ！」

化《ば》け物《もの》のうちの一体が縦横無尽《じゅうおうむじん》に切《き》り裂《さ》かれ、一瞬《いっしゅん》で四散《しさん》している。残りの一体の化け物が慌《あわ》てふためき、周囲を見回していた。

最初の斧《おの》を持った一体は少年の霊符《れいふ》で爆《ばく》散した。鎌《かま》を持ったもう一体はどうやら少女の爪で

切《き》り裂《さ》かれたようだ。

鉈《なた》を持った一体はたじろぎ、その右足を一歩、後ろに引く。次に恐慌《きょうこう》を来《きた》し、

「ひやあああああああああああああ！」

悲鳴を上げて、空に向かって一気に跳《は》ね飛《と》んだ。なんとか逃れようと。凶悪な破壊《はかい》の力を秘《ひ》めた少女とケモノの目で笑う少年からなんとか逃れようと。

身をたわめて跳ね飛んだ。

だが。

「くす」

屋上から疾風《はやて》の如《ごと》く離れようとした化け物の額《ひたい》に実に軽やかに手が置かれる。少女のきゃしゃな手が。

そっと後ろから。

「ねえ」

と、声が聞こえてくる。楽しげで。

笑みを含《ふく》んだ柔らかな声。

「いったい今までどこのお山で遊んでいたの？　ねえ？　そんなに遅いとわたしとじゃ鬼ごっこにさえならないよ？」

ねえ。

と、声の調子が一変する。

冷やかに。

「攫《さら》った子供を一体どうする気だったの？　今まで」

告《つ》げていく。

死の。

宣告。

「食べる気だった？　嬲《なぶ》る気だった？　ねえ？」

「ひやあああああああああああああああああああああ！」

化《ば》け物《もの》は思わず恐怖に駆られ、鉈《なた》を背後に向かって思いっきり振るった。だが、手応《てごた》えは全《まった》くない。すかっとただ虚空《こくう》を過ぎるのみ。

化け物は慌《あわ》てふためいて首を巡《めぐ》らす。

どこだ!?

どこにいる!?

怯《おび》えは最高潮に達する。勝てない！

あんな〝存在〟に勝てる訳《わけ》がない！

「ねえ」

と、上空《じようくう》から声をかけられ、化け物はおののいて見上げる。少女がそこに薄笑《うすえみ》を浮かべて、浮かんでいた。

少し足を胸元に引き寄せ、銀色の大きな満月を背中に背負う形で。

ふうっと降りてきざま、

「分かったでしょ？　やっちゃいけないことあるって。ねえ？　分かってくれるかな？　わたしもケイタも子供に何かするのは絶対に許せないの。だから」

ねえ。

と、少女は笑う。

「ねえ、死んでね？」

無慈悲《むじひ》に。

さく。

さくさくさくさくさくっと彼女の手が化け物を縦《たて》から切《き》り裂《さ》いていく。そして。

「燃えてしまってね？」

だいじゃえん。

ふっと少女が手を横に振るって、背後を鮮《あざ》やかに振り向いた瞬間《しゅんかん》。

「ひやああああああああああああああああああ！」

大爆発《だいばくはつ》が鉈を持った化け物を包み込んだ……。

それを屋上から見上げていた彼女は茫然自失《ぼうぜんじしつ》していた。あの怪物《かいぶつ》たちが全《まった》く手もなく、瞬《またた》く間に葬《ほうむ》り去《さ》られていった。

一体、なんという……。

「あ、あの」

彼女は擦《かす》れ声《ごえ》で傍《かたわ》らに立つ少年に向かって声をかけた。

「あの！」

声が高くなった。

「あなたたちは一体⁉」

すると今まで小手《こて》をかざして、お～と感心したように空を見上げていた少年がくるっとこちらを振り返った。

彼女はどきっとする。

少年は随分《ずいぶん》と真剣な表情を浮かべていた。少年はすっと彼女に歩み寄ると彼女の手をそっと握りしめ、

「良かった。とにかく間《ま》に合《あ》った」

「あ、あの」

「いやいや、お礼は結構です。僕、ほら、結構、子供好きって言ったじゃないですか？」

そしてにこっと笑う少年。

彼女は戸惑《とまど》い気味《ぎみ》に、

「あ、はあ」

少年はなぜかベルトをかちゃかちゃ外《はず》しながら、

「でね。そう！　僕、こう見えて子供好きなんですよ。だから、ほら？　なんていうんですか？　なんだろう？　その～」

実ににっこりと爽《さわ》やかに笑いながら、

「子供を作る行為はもっと好きなんですよね～」

ん～と唇を尖《とが》らせ、顔を近づけてくる。

な!?

と、彼女が絶句《ぜっく》しているその時。

「まいどまいど」

深い深い溜息《ためいき》と共に。

「なんで治《なお》らないのかな？　ケイタのその病気！」

ひゅんと少女が空から落下してきて、その慣性の力を利用して一体どこから取り出したのか分からないフライパンで思いっきり少年の後頭部を引っぱたく。

「ふべ！」

少年は前のめりになってべちゃっと潰《つぶ》れる。目を丸くしている彼女。少女は少年の襟首《えりくび》を掴《つか》

んで強引に引き上げると、

「ほら、行くよ、ケイタ！」

と、彼を引きずっていく。少年はよろよろと彼女に従いながら、

「ふぁ、ふぁい……」

とぼとぼと歩き出す。先ほどまでの圧倒的な力の気配は消え失せて、ただ単に少女の尻《しり》に敷《し》かれているちょっと軽薄そうな少年にしか見えない。

彼女は声を上げた。

「あの！」

と、呼びかける。それだけは聞いておかなきゃいけない。

それだけは知りたかった。

「あの！　あなたたちは!?　あなたたちは一体！」

すると。

「……」

少年がふっと微笑《ほほえ》み。

少女がにっと笑って。

「あんたを助けに来た犬神使《いぬかみつか》い。川平啓太《かわひらけいた》！」

「同じくようこ」

少女はぐっとためてから叫ぶ。

「ケイタの」

いぬかみっ！

気がつけば。

「きゃきゃ！」

腕の中で子供が笑っていた。いかにも楽しそうに。彼女はそちらをぽかんと見下ろし、次にお礼の言葉を述べようと顔を上げた時には。

「！」

既《すで》に少年と少女はその場からいなくなっていた。

現れた時と同じように。

まるで夜の風のように。

「ふ」

彼女の心にふと清爽《せいそう》なんともいえない愉悦《ゆえつ》の感情が湧《わ》き起《お》こってくる。

「あはははははははははは！」

笑い声が漏《も》れた。一体、なんという。

なんという鮮《あざ》やかで、強く逞《たくま》しい力！
笑いながら。
そして静かに泣きながら、彼女は固く固く己《おのれ》に誓《ちか》っていた。

生きていこうと。
この子と共に生きていこうと、そう強く思っていた……。
肌身《はだみ》を柔らかく包み込む、暖かな夜の風の中で。

第二話

川平啓太の災難とどうしても集まってきてしまう変な人たち

山奥のとある旧家《きゅうか》。大広間の上座《かみざ》に先ほどから二時間以上も座していた老婆《ろうば》が今、ゆっくりと組んでいた腕を解き、その眼《まなこ》を開いた。彼女は己《おのれ》の忠実な犬神《いぬかみ》に向かってその滋味《じみ》深い目を向け、厳《おごそ》かな口調《くちょう》で告《つ》げた。

「はけ、決まった。改めて。わしはどちらにするか心、定めたぞ」

その声は淡々としていて、微塵《みじん》も乱れはなかった。

彼女の前の美丈夫《びじょうふ》は深々と頭を下げた。

「は」

と、だけ彼は短く答えた。

「御心《おこころ》のままに」

その様子《ようす》は老婆と同様全《まった》く揺《ゆ》らぎがなかった。

老婆は少し意外そうに、

「なんじゃ、どちらか聞かぬのか？」

すると。

「いいえ」

と、白装束《しろしょうぞく》の犬神《いぬかみ》は頭を上げ、目を細めた。

「なぜ？」

という老婆の問いに、

「私もどうも他の方々《かたがた》と同じ頃合《ころあ》いで驚きたいようです。ですので、お答えは明日。あなたのおそばで聞かせて頂きます」

「ん」

　と、老婆はゆっくりと頷《うなず》く。

「そんなものかの。ならば、分かった」

　それから声に少し張りを持たせ、

「はけ。ならば、既《すで》に日時を通告している方々はよい。今まであえて知らせてこなかったあの、、、二人にのみ知らせにいけ！」

　は。

　と、白装束の犬神は再度頭を下げた。

「早速」

　そう答えた彼の身体《からだ》は既《すで》にもう透過《とうか》して消え入っている。飛燕《ひえん》のような素早《すばや》さで使者としてそれぞれの家に飛び立ったのだ。

　老婆は目を細め、一人呟《つぶや》いた。

「さて」

　どこか楽しそうな表情で、

「一体どんな顔をするのかの、あやつは？」

鷹揚《おうよう》に腕を組む。一世紀近く生きて未《いま》だに稚気《ちき》溢《あふ》れた川平《かわひら》の宗家《そうけ》だった。

「ん！　良い天気♪」

犬神《いぬかみ》のようこは小手《こて》をかざして空を見上げた。からりと晴れ渡った空に入道雲。青と白のコントラストが爽快《そうかい》な、絶好の洗濯日和《せんたくびより》である。

「ふんふんふん」

白いスカートにニットの上着、木製のサンダルという格好《かっこう》のようこは鼻歌を歌いながら洗濯籠《かご》の中身を物干《ものほ》し竿《ざお》に干し始めた。

彼女がいるのはとある老朽化《ろうきゅうか》したビルの屋上。

そのかなりだだっ広い空間の片隅《かたすみ》にみすぼらしいトタン屋根の小屋が一つ建っている。いわゆるペントハウスというヤツである。

犬神使い川平啓太《けいた》と彼の戦いの相棒《あいぼう》であり、生活のパートナーである犬神ようこは今、そこに住んでいた。元々、川平薫邸《かおるてい》に住んでいたのだが、とある一件で縁が出来《でき》たこのビルのオーナーから格安で屋上部分を借り受け、移り住んできたのだ。

ちなみに帰還《きかん》した川平薫邸の本当の主《あるじ》、薫は、

「いや、啓太さん、そんな僕の家には部屋だけは沢山《たくさん》あるんですから」

と、啓太たちを熱心に引《ひ》き留《と》めてくれた。

「啓太さんたちが住むスペースくらい幾《いく》らでもありますよ。どうぞ、ずっといてください」

だが、その誘《さそ》いをようこがにっこりと、

「ううん、カオル。ケイタはちゃんとわたしが面倒《めんどう》見るから。心配してくれてありがとう！」

きっぱり断《ことわ》った。

理由その一。

薫の犬神たちの何人かが主の言葉に心からうんうんと頷《うなず》き、啓太が行ってしまうのを寂《さび》しそうな、慕《した》うような目で見つめていたこと。

理由その二。

それに対して啓太がでれっとして、へらへらしていたこと。

なので、啓太とようこはこの場所で心機一転《しんきいってん》、新しい生活を始めていたのである。ちなみに屋上に建っている小屋といっても、ガスや電気はきちんと通じているし、風呂、トイレ、台所などもしっかりと作られている。

一時期は川原《かわら》で生活していた啓太やようこたちからすれば充分満足できる住居なのである。

ただ一点、問題があるとすればトタン屋根なので、この季節暑い！

それくらいだろうか？

ちなみにようこが洗濯物を干している横には青々とした水を湛《たた》えたかなり大きなビニールプールが設置されていて、そこで河童《かっぱ》がすい～と泳いでいた。相変わらず引っ越した啓太にくっついてきているのだ。

ようこは一通り洗濯物《せんたくもの》を干し終わると、

「ふ～」

と、額《ひたい》の汗を拭《ぬぐ》った。

「この調子ならすぐに乾いてくれそうね♪」

笑って、また空を見上げる。目を細めた。視線を転じてペントハウスの横のちょっとした家庭菜園に目を向ける。

「お昼はあのお野菜をサラダに、おそうめんかな～」

赤々と熟《じゅく》したトマトを見つめてそんなことを呟《つぶや》いた。いまりとさよかの二人から教わって栽培《さいばい》している野菜で、他にキュウリやナスなんかも育てていた。色々な生活スキルを現在進行形で学んでいるようこであった。

と、そこへ。

「ようこ～」

空から声が降ってきて、ぴたっとようこの前で着地した。小さな身体《からだ》に溢《あふ》れんばかりの元気。川平薫《かわひらかおる》の犬神《いぬかみ》ともはねだった。

「最近、ちょっとだけ背が伸びたんじゃない？」とたゆね辺《あた》りから指摘された彼女は確かにほんの少しだけ前より女の子っぽくなったもののまだまだ少女らしい可愛《かわい》らしさより、小動物めいた愛らしさが勝っている。

　満面の笑みで、

「ねえねえ、啓太《けいた》様は？」

　と、ようこに駆け寄ってきて尋《たず》ねる。ようこは苦笑《くしょう》気味《ぎみ》に、

「ん～。まだ寝てる」

「え～？　またあ？」

　と、ちょっとともはねは不満げだ。最近、啓太は昼間寝ていることが多い。

「ガッコが夏休みだからね」

　と、ようこはぽんとともはねの頭に手を置いた。

「夜はべんきょ～してるの。すたでぃ。ゆ～、あんだすたん？」

　啓太が英語の勉強をしているのでちょっと英単語を齧《かじ》るようになったようこである。しかし、ともはねは〝あんだすたん〟しない。

「啓太さま～起きましょ～よ～」

　と、すてててっと走って小屋の中に入ってしまった。ようこは、

「あ、ちょっとちょっと！」

　と、慌《あわ》ててともはねの後を追いかける。

　そんな二人の様子《ようす》をプールの中から眺《なが》めていた河童《かっぱ》が視線を移し、気持ちよさそうに夏の太

陽を見上げてくけけけけと笑った。

啓太《けいた》はすごい格好《かっこう》で寝ていた。下に収納スペースがついた寝台（川平薫邸《かわひらかおるてい》から貰《もら》ってきた）の上にくいっとお尻《しり》を持ち上げた格好で、枕に抱きついていぎたなく涎《よだれ》を垂《た》らしている。お世辞にも見栄えのする寝相ではない。

「ん～」

もにゃもにゃ言っていた。

ようこともはねは、

「……」

「……」

黙《だま》って半目でそんな啓太を見下ろしている。二人とも啓太に並々ならぬ好意を抱く女の子たちだが正直、この格好はどうなんだろう、とか思っている。

ふと、

「ん～」

寝汗だらだらの啓太が何事か呟《つぶや》き始めた。

「ようこ」

寝言《ねごと》で自分の相棒《あいぼう》の名前を呼ぶ。ようこは「やだ」と、頬《ほお》を押さえ、少し赤くなった。夢の

中でまで自分のことを想《おも》ってくれているのだろうか？

ぐぐっと顔を近づけ、続きに期待すると、

「テレビ、見えないからジャマ」

と、啓太《けいた》はそんなことを言ってのけた。ようこの額《ひたい》にぴきっと筋《すじ》が入る。頬には引《ひ》き攣《つ》った笑み。続けて啓太は、

「あはは、ようこ。髪型がタヌキみたいだぞ～？」

とかそんな傍若無人《ぼうじゃくぶじん》な寝言を吐《は》く。ようこはぐぬぬぬと拳《こぶし》を握った。ともはねが少し恐れをなしたようにすざざっと引いた。

「しかし」

と、啓太はあくまで眠り続けながら器用に、

「本当に綺麗《きれい》で」

〝おや？〟とようこが小首《こくび》を傾《かし》げる。ともはねが〝ほらほら〟と嬉《うれ》しそうに啓太を指さした。

啓太は突然、口調《くちょう》を改め、賛美の言葉を連《つら》ね始《はじ》めた。

感に堪《た》えぬように、

「優雅で、可愛《かわい》くて、優しいなあ」

そんなことを言い出した。

〝やだ〟というようにまたようこは頬《ほお》を押える。そうだろう、そうだろう。なんやかや言っ

ても啓太は自分のことを……。

そんなことを思って、そっと啓太に寄《よ》り添《そ》おうとすると、

「なでしこちゃんは」

啓太はむにゃむにゃと満足そうにそう言う。ようこの顔がびきっと引き攣った。そのまま引き攣った笑顔のまま、額にすっと指を当て、

「ふう」

と、深い溜息《ためいき》。ともはねはおろおろと、

「よ、ようこ？」

彼女に取りすがる。ここは今までだったらようこの〝だいじゃえん〟が啓太に直撃《ちょくげき》しているパターンである。〝だいじゃえん〟改良版〝音無《おとなし》〟ならともかく、普通の〝だじゃえん〟だったら今のようこなら簡単にこの小屋を吹き飛ばせてしまう。そんなことになったら啓太とようこは宿無しに逆戻《ぎゃくもど》りだ。

必死に取りなそうとするともはねを見て、ようこは笑った。

「だいじょうぶ」

そう言って、彼女はゆらりと立ち上がるとベッドサイドの引き出しに歩いていってそこから茶筒《ちゃづつ》のようなものを取り出した。

その蓋《ふた》を開け、粉状のモノを指で摘《つま》み出《だ》して指先でこねくり回す。

ともはねはきょとんとしている。

それはモグサだった。

よく鍼灸治療《しんきゆうちりよう》などに使われるアレだ。

ようこはモグサの形を整えると、今度は啓太《けいた》のシャツをぺろっとめくって背中を剥《む》き出しにする。

さらに、

「……」

もぐさを啓太の背中に乗せ、無言の半目で人差し指の先端に炎を作り出し、それをモグサに点火。じいっと啓太を見下ろす。

最初、啓太は普通に眠っていた。だが、だんだんと寝汗の量が多くなっていき、顔が苦悶《くもん》に歪《ゆが》んでいく。一方、ようこは淡々と、無表情に、次々とモグサをこねっては啓太の背中に乗せて、着火していく。

実に流れ作業的である。

じっと冷汗《ひやあせ》を掻《か》いているともはね。

啓太の背中には地獄谷《じごくだに》のようにもくもくと煙を上げるモグサの小山が幾《いく》つも出来上《できあ》がっていく。そしてとうとう、

「うがあああああああああああああああああ！」

啓太の我慢《がまん》が臨界点を越えて、彼は突然、ベッドから跳《は》ね起《お》きると、床に飛び降りて転げ回った。一方、ようこは実に爽《さわ》やかな笑顔で、

「あ、ケイタ、おはよ～♪　目が覚めた？」

と、指を振って、朝の挨拶《あいさつ》をする。啓太が叫んだ。

「お前なあ！」

「全《まった》く、いらん小技《こわざ》ばかり使うようになりやがって……」

と、啓太はぶつぶつ呟《つぶや》きながらシャツを着直していた。ともはねから事情は聞いた。以前のようこだったら直情的に自分を攻撃《こうげき》していただろう。

だが、今のようこはこうやって穏便《おんびん》というか、より陰湿《いんしつ》というか、そういうお仕置き方法を積極的に選択して使うようになっている。

「文字通りお灸《きゆう》を据《す》えてあげたのよ？」

ようこは手の甲を口元に当てておほほっと高笑《たかわら》った。

……こういうのも成長というのだろうか？

よく分からない啓太であった。まあ、なんにしても目が覚めたわけだ。啓太は溜息《ためいき》と共に寝台の上に胡座《あぐら》を掻《か》く。そこへともはねがいそいそと寄っていってちょこんと啓太の膝《ひざ》の上に乗った。そして啓太の顔を見上げて〝にっ〟と笑う。

啓太《けいた》は溜息《ためいき》をつきながらともはねの頭をぐしぐしと撫《な》でた。ようこは台所で朝食の準備をし始めている。

ともはねが気がかりそうに、

「……啓太様」

と、啓太の顔に自分の顔を寄せて尋《たず》ねた。

くんくんと匂いを嗅《か》ぐように、

「なんかお元気ないように見えますけど？」

啓太は顔を少し離して、

「ん。そうか？」

苦笑気味《くしょうぎみ》に、

「まあ、ここんとこ忙しかったからな」

そう答える。

事実、最近の啓太、多忙を極《きわ》めていた。まず高校最後の夏を迎え、受験勉強が佳境《かきょう》に入っていた。志望する獣医《じゅうい》大学にはまだやや学力が足りない。高校の一年、二年をほとんど生活のための仕事とお気楽な女の子遊びに費《つい》やしてきたため、ここに来て不足分の偏差値を上げなければならなくなっているのである。

もっとも啓太は元々、頭もさほど悪くはないので順調に勉学を積み重ねている。

さらにどういう訳《わけ》か、霊能者《れいのうしゃ》としての仕事も増えていた。

今までだったら身内の斡旋《あっせん》（例えばはけとか仮名史郎《かりなしろう》とか）からが多かったのに、それを飛び越えて依頼先から直接、啓太を指名する仕事が多くなってきている。つい最近も小さな赤ん坊を狙《ねら》った古い山の化生《けしょう》を祓《はら》うためにはるばる遠征に赴《おもむ》いたところである。

もちろん吉日市内《きちじつしない》のトラブルも様々に降りかかってくる。

加えてともはねや他の犬神《いぬかみ》たちも遊びに来る。

仮名史郎や宗家《そうけ》の相談を受けることも多い。

頼りにされると口ではなんのかんの文句《もんく》を言っても、きっちり期待に応《こた》えてみせるのが川平《かわひら》啓太という少年なのである。

だから……。

「ふわ」

と、彼は欠伸《あくび》をしてみせた。確かに少し疲《つか》れているかもしれない、ここ最近。ともはねが気《き》遣《づか》わしげに啓太を見つめてから急に、

「そうだ！」

と、瞳《ひとみ》を輝かせた。

だが、啓太はすぐに、

「ダメ」

と、ともはねが何か言う前に指先でバッテンを作ってみせた。ともはねがたじろいで、

「ま、まだあたし何も言ってませんよ？」

それに対して啓太《けいた》は半目で、

「なんかお前のオリジナルお薬作ろうっていうんだろ？　俺を元気にするような」

ともはねは図星《ずぼし》を指されてただ目を泳がす。啓太は再び溜息《ためいき》と共に、

「気持ちは嬉《うれ》しいがな。まあ、頼むからやめてくれ」

ともはねが何か言《い》い募《つの》ろうとしたその時。

「啓太様」

ふわっと清浄《せいじょう》な風が部屋の中央に巻き起こって、それが寄り集まり、一つの白い形を作った。

啓太はそちらに目をやり、

「おお！　はけ」

と、気安そうに笑いかけてから、

「ん？」

眉《まゆ》をひそめた。

「……どした？　なんかあったのか？」

川平宗家《かわひらそうけ》の犬神《いぬかみ》はけが普段から大仰《おおぎょう》なくらい恭《うやうや》しく丁寧《ていねい》なことは知っていた。だが、今、部屋の中央に忽然《こつぜん》と現れた犬神のはけは啓太に対してもはや他人行儀《たにんぎょうぎ》とも言えるくらいよそよ

そしく深々と一礼をしていた。

胸元に片手を上げ、膝《ひざ》を床について、その顔を上げようともしない。

「あれ？　はけ？」

と、台所からようこがやってきて、ともはねがはけの様子《ようす》がいつもと違《ちが》うことに気がついて
啓太の膝からばつが悪そうに降りたところではけは静かな声を発した。

「川平啓太様。明日、夕刻六時。川平本家にて川平家に縁のある者全《すべ》てが一堂に会《かい》して行われる極《きわ》めて重要な儀式があります。必ずご出席くださいますよう」

啓太はぽかんとしている。

はけは一度も顔を上げることなく、

「お願い申し上げます」

そう言い終えるとさらに深く頭を下げ、

「では、ごめん」

ふうっと掻《か》き消える。啓太はもちろんようこもそしてともはねも最後まで呆気《あっけ》にとられたままだった……。

はけの態度は徹頭徹尾《てっとうてつび》、全《まった》くおかしかった。

啓太、ようこは

〝なんだったんだ、あれ？〟

〝本当になんなんだろうね？　要するになんって言っていたの、はけ？〟

〝ん〜。要するに明日、本家《ほんけ》に来いってことみたいだけど〟

〝本家に？〟

〝ん。なんか親戚一同《しんせきいちどう》集まるみたいだな……いや、あの口ぶりだと婆《ばあ》ちゃんの知り合い系のお偉《えら》いさんたちも結構、沢山《たくさん》来るみたいだな。うわ〜、やだな。なんか重たそうな集まり！〟

〝ケイタ、まさか！〟

〝な、なんだよ？　なんだってんだよ？〟

〝ふう……いつか来るとは思ったけど、まさかこんな日が本当に来るなんて。う……〟

〝だから、なんだってんだよ！〟

〝ケイタ!?　ケイタがたとえ川平《かわひら》の人じゃなくなってもわたしはケイタとずっと一緒《いっしょ》だからね？〟

〝だから、お前は！　一体なんの想像をしてるんだ、なんの！〟

とか、そんなやり取りをしている。その間にともはねは川平薫邸《かおるてい》に戻《もど》った。ちょっと啓太《けいた》たちが名残惜《なごりお》しかったが夕飯の手伝い当番だったのだ。ようこは啓太が本家に呼びされることになんか悲観的なイメージを抱いているようだったが、ともはねは違《ちが》っていた。

啓太様、もう前までとは違うんだから。

ううん。

啓太様はきっと啓太様のままだけど、周《まわ》りの人たちがもう啓太様のことを違うように受け止め始めているんだから。

ともはねは直感的にそう考えていた。

だから。

だから、もしかしたら……。

川平本家に呼ばれるのはイイコトなんじゃないかな？

川平薫邸に戻《もど》って、驚いた。はけは川平薫邸にも使者として赴《おもむ》いていたのだ。時間的に啓太宅に立ち寄ったすぐ後《あと》。ほとんど同じ口上だったらしい。薫に本家に出頭するようバカ丁寧《ていねい》な口調《くちょう》で告《つ》げた後、すぐに立ち去ったのだそうだ。

その場には川平薫の他にせんだん、なでしこ、フラノが居合わせたらしいのだが。

ともはねが戻った頃《ころ》にはもう川平薫の犬神全《いぬかみすべ》ての知るところになっていた。お喋《しゃべ》りなフラノがここが自分の働きどころとばかりに頑張《がんば》って仲間たちに全《すべ》て吹聴《ふいちょう》して回ったのだ。夕食後、薫の犬神たちはその話題でもちきりだった。

実のところ薫が祖母である宗《そう》家に呼び出されて本家に出向くのはそう珍しい話ではない。いや、むしろ仕事の話以外にも囲碁《いご》や将棋《しょうぎ》、世間話《せけんばなし》の相手をしにいったりと啓太などよりよほど気軽に本家に顔を出したりしている。

では、何がそんなに問題なのかというと……。

はけの必要以上の仰々《ぎょうぎょう》しさである。

普段、当たり前のようにやっていることを改めて儀礼的に告《つ》げられた。

その改まり具合が少女たちの好奇心を刺激したのだ。

一体、本家《ほんけ》は薫《かおる》になんの用なのだろうか？

一方、その当の薫はというと……。

そのはけの物々しさを一体、どう受け止めたのか知らないが、相変わらずふんわりと笑っているばかりで、夕飯を食べ終えると未《いま》だ川平邸《かわひらてい》に居《い》候《そうろう》し続けている砂漠《さばく》の精霊《せいれい》たちを連れてぶらりと散歩に出かけてしまった。

面白《おもしろ》いことに最近の薫は以前とはまた違《ちが》った意味で捉《とら》え所《どころ》がない感じが強くなっている。少女たちに対して秘密がなくなったからなのか、あるいは大気の中に紛《まぎ》れている間、性格が変わったのか定かではないが、みんなで朝食を食べていると突然、

〝あはは〟

と、笑い出して、

〝今日は天気がいいからみんなで海でも行こうか？〟

と、言って本当に十人の少女を丸ごと海に連れて行ったりする。以前は誰《だれ》にも言えない秘密を抱《かか》えていたが故《ゆえ》にどこか秘匿的《ひとくてき》な静の緊張感をその言動に孕《はら》んでいたのに対して、今はその

妖《あや》しいばかりの危《あや》うさがなくなって、代わりに一切《いっさい》立場に拘泥《こうでい》しない自由闊達《じゆうかったつ》さと言《い》い換《か》えれば天然と言っても良い朗《ほが》らかさが現出している。

ある意味で非常に〝川平〟的と言っても良い。

どこかお気楽な性格。

そんな部分が強くなっているのだ。

もちろん優しく細やかな気配りをしてくれるところや人格的に深く尊敬できるところは全《まった》く変わらないので薫の犬神《いぬかみ》たちはどちらかというとその変化を歓迎していた。つまり端的《たんてき》に言うと前よりもっと構《かま》ってくれたり、遊んでくれたりするようになったのである。

そんな薫に一体、川平本家は……正確には宗《そう》家は一体なんの用なのだろうか？

全くその目的が分からない者、薄々《うすうす》その理由に気がついている者、宗家の呼び出しの理由がなんであろうと一向《こう》に頓着《とんちゃく》しない者、様々だが少女たちは居間にお茶とお菓子を持ち寄ってお喋《しゃべ》りに花を咲かせていた。

ちなみに全くその目的が分からない者はフラノ、いまり、さよか、たゆねであり、薄々その理由に気がついている者はせんだん、ごきょうや、いぐさであり、宗家の呼び出しの理由がなんであろうと一向に頓着しない者はなでしことてんそうである。

フラノ、いまり、さよか、たゆねはわいわいと姦《かしま》しくお菓子を摘《つま》みながら活発に意見を交《か》わし合《あ》い、せんだんは優美な動作で黙《だま》ってお茶を啜《すす》っている。様々な経験を経て成長したみんなの頼れるリーダーはたとえ内面で何を考えていようと必要がなければもうそれを表に見せることは決してない。いぐさは何か思案《しあん》げ。時折《ときおり》、ちらっとせんだんを見やるが彼女もこの場では自らの意見を開陳《かいちん》することはない。

後《あと》でゆっくりせんだんと話し合おうと思っている。他方、ごきょうやはどこか上の空。なでしこはにこにこ笑って給仕を務め、てんそうはいつものようにぼ～っとしている。ともはねは薫《かおる》の呼び出しの話が一段落した頃合《ころあ》いを見計《みはか》らって、少し得意げに、

「実は啓太《けいた》様のところにも今日、全く同じ用件ではけ様が来たんだよ！」

と、皆に報告した。それでさらに場は盛り上がった。

「え～？　なんで？　なんで啓太様もなんだろう？」

というい まりたち。

「……」

「……」

どこか納得顔でちらっと視線を交《か》わし合《あ》うせんだんといぐさ。

「くしゅん！」

と、全く脈絡《みゃくらく》なくくしゃみしているてんそう。にこにこ笑っているばっかりで特に意見を述べようとしないなでしこ。

啓太の名前を聞いて、妙《みょう》に赤くなっているたゆね。様々な反応であるが。

「ねえ、ごきょうや」

と、ふとともはねは思い出して一人どっか物思いに耽《ふけ》った風情《ふぜい》の少女に声をかけた。

「……ん？」

ワンテンポ遅れてごきょうやが反応する。

「どうした？」

ともはねはその様子《ようす》に戸惑《とまど》いつつも、啓太のことを説明する。彼が最近、多忙を極《みわ》めていささか疲労気味《ひろうぎみ》なこと。

そのために栄養剤のようなものを作ってあげたいこと。

ただ自分がやればまた失敗してしまいそうなので出来《でき》れば手伝って欲しいこと。そんなことを説明すると、

「……なるほど」

ごきょうやが思案《しあん》げに頷《うなず》いている。

「分かった。では、私も手伝おう」

彼女がそう言ってくれてともはねが満足そうにこくこく頷き返して。

ふと。

びっくりする。気がつけば少女たちが話を止めて、一斉《いっせい》に自分を注視していたのだ。

「ど、どうしたの？」

ともはねが仲間たちに尋《たず》ねると、まずせんだんが、

「ほんとにねえ」

いぐさが、

「啓太様《けいた》、大丈夫でしょうか？」

たゆねが、

「最近、あの人働き過ぎなんだよ！」

いまりとさよかが、

「ま、仕方ないじゃない？　今や本当に川平家《かわひらけ》の」

「川平家だけじゃないよ？　あの人、今は中央にまで名が知れ渡ってるらしいよ？」

フラノが、

「お忙しいですねえ。引っ張りだこですねえ」

てんそうは黙《だま》っているが、ごきょうやはゆっくり笑い、

「凄《すご》いものだな。以前は川平家の鼻つまみ者だったのに、今は川平家どころか、北日本を代表する霊能者《れいのうしゃ》だからな」

ともはねはずっと驚いていた。なでしこは微笑《ほほえ》みながら、

「啓太様、ようやく」

そこで言葉を切って噛《か》みしめるように、

「ようやくこれでようこさんの苦労も報《むく》われますね」

それから全員、

「じゃあじゃあ、そのうちみんなで啓太様を癒《いや》しに行っちゃいましょ～」

「たゆね、たゆね。チャンスだぞ？」

「な、なんのチャンスだよ！」

「チャンスっておまえ、ここで一発弱ってる啓太様をがばっと！」

「わ～」

「アホ言ってないの。まあ、薫《かおる》様とも相談して少しこちらにお仕事を振り分けて貰《もら》う方法を考えた方《ほう》がいいかもしれないわね」

「そうですね。あれで啓太様、結構、仕事は無理して受けちゃう方ですからね」

わいわいがやがやとみんなで啓太のことを心配している。ともはねはじ～んとしていた。やっぱり。

と、思っていた。

啓太様、もう前までの啓太様とは違《ちが》っているのかもしれない。

周《まわ》りがもうただのスケベで軽薄な川平家《かわひらけ》の落ちこぼれとは見なしていないのだ。凄《すご》いと思った。そして少女たちは各人、適当な時に啓太の顔でもそれぞれ見に行くか、などと話し合ってその場は散会《さんかい》になった。

その場はそんな感じで話がついた……。

ただ問題が一つだけあった。

それはその場で全《まった》く一言も発しなかった少女てんそう。彼女が奇妙《きみょう》な交友関係を持っていることにあった……。


啓太《けいた》とようこはその日の夜、割《わり》と早く寝た。といっても午前一時を回っているところだが、啓太も自分が起きているとなんやかんやでようこが世話を焼こうとしてくれるので、今日くらいは彼女を休ませる意味でも早く寝ようと床についたのだ。

啓太はベッドの上。

ようこは最初、彼に寄《よ》り添《そ》うように寝ていたが、そのうちぷかあっと宙に浮き出す。そして丑三《うしみ》つ時《どき》。

彼の寝床の傍《かたわ》らにゆらあっと影が現れる。そのどこからともなく出現した影はするりと啓太の近くまで寄ってくると、

「可哀相《かわいそう》にな。まだ若いのに」

そう呟《つぶや》き、啓太の鼻をむにっと摑《つか》む。眠っている啓太が苦しそうに口を開けたところへぽっと何か丸薬《がんやく》のようなモノを落っことす。

そして啓太がそれを嚥下《えんげ》するのを見届《みとど》けてから、

「ふ」

またゆらりと闇《やみ》の中に吸い込まれるように消えた。啓太は悪夢でも見始めたのか眉根《まゆね》を寄せてうんうん唸《うな》っていて、ようこは天井《てんじよう》近くで丸くなってすよすよと気持ちよさそうに寝息を立てていた。

二人とも奇《き》っ怪《かい》な影が部屋に出入りしたことに全《まった》く気がついていなかった……。

啓太は夢を見た……。

様々なごちゃごちゃとした風景。活火山の夢。棒倒《ぼうたお》しの夢。意味不明な映像の数々。ただひたすら虚空《こくう》の彼方《かなた》に向けて飛んでいくロケット。

そして目が覚める。

妙《みよう》に居心地が悪い。納《おさ》まりの悪い感じを覚える。今日も外は快晴っぽい。

なのになんだろう?

なぜかもの凄《すご》く不吉な予感がする……。

「ん」

啓太は身を起こす。隣の台所ではようこがもう起き出していて、朝食の準備をしている。じゅ～とフライパンの上で何かが焼ける音と香ばしい匂いがこちらまで漂ってくる。それにようこの鼻歌。決して上手《うま》くないけど妙《みょう》にほっとするような鼻歌。

啓太《けいた》はそちらを見て、普段、彼が人には見せないような微笑を浮かべる。彼は知っている。最近の啓太の多忙を誰《だれ》よりも思いやってもっとも実効的な意味で役に立とうとしてくれているのがこのようこだと。決して声高《こわだか》に言うことはないが、ようこはなでしこから栄養バランスのよい料理というモノを習っているようだ。

何気《なにげ》なく自然で。

さりげなく、優しく。そんな女の子にようこはなっている。啓太は「お～い」と台所のようこに声をかけようとして。

そして唐突《とうとつ》に違和感《いわかん》の正体に気がついた。

「うお！」

思わず声が出る。

膝《ひざ》の上にかけていたブランケットをめくって、

〝な、なんじゃ、こりゃ!?〟

あたふたと焦《あせ》る。そりゃ～、彼も男の子だから朝の生理現象というのは身に覚えがあって、経験はしてきていて、それなりの対処方法《たいしょほうほう》も知っている。だけど。

今は。

なんというか。

必要以上に猛《たけ》っている!?

というか、ナニ？

え？

なんか。

今にも重力を振り切って空へ向かって飛び立ちそうなんですけど?!

「はえぇ～!?」

啓太は焦《あせ》って、触ってみて、

「いててて！」

身をよじる。そこへようこがやってくる。

「あ、ケイタ？」

ショートパンツにタンクトップ姿《すがた》。

「いてててて！」

痛みが激しくなる。あうあう！

今更《いまさら》言うのもなんだが、ようこは抜群《ばつぐん》にスタイルが良い。すらりと白く長い足。ほっそりとしなやかな二の腕。きゅっと締まったウエスト。それなのにしっかりと張りを持った豊かなバスト。タンクトップなので胸の谷間が出来上《できあ》がっている。

色気のある手足やうなじのラインが全《すべ》て剥《む》き出《だ》し。

「いててて！」

痛い！

痛い！

「ん？　どしたの、ケイタ？」

「あ、いやいや、なんでもないよ。お、おはよ」

「おはよ～♪」

ようこはすっとやってきて啓太《けいた》の傍《かたわ》らに腰《こし》を落とし、彼の首にすっと腕を巻きつけ、「ん～」と目を閉じ、唇を突き出す。

「今日、本家《ほんけ》のお婆《ばあ》ちゃんとこ行く日だね。でもね、ケイタ、わたし、ケイタがたとえどんな状態になってもケイタのこと大好きだからね？」

やばい！

可愛《かわい》い！　可愛いけど。

痛い！

ますます痛くなってくる！

啓太が「ひ～」と身体《からだ》を引き気味《ぎみ》になったところで、

「啓太様！」

おっきな声がしてどろんとその場に小さな犬神《いぬかみ》の姿《すがた》が現れた。ようこは慌《あわ》てたように啓太か

ら身を離し、

「！」

ぱぱっと身なりを取《と》り繕《つくろ》う。さすがの彼女もともはねとかの前で堂々と啓太といちゃいちゃするほど厚顔ではない。少し頬《ほお》を赤らめ、

「も、もうちょっとで朝ご飯、出来《でき》るからね！　ともはね、あんたもよかったらご飯食べて行きなさい！」

そう言ってそそくさと台所へ戻《もど》っていってしまった。

「……」

ともはねは感情のよく分からない瞳《ひとみ》でそんなようこの後《うし》ろ姿《すがた》を見送ってから急ににこっと微《ほほ》笑《え》んで、

「啓太様！　啓太様！」

と、動きだし、ベッドの上に飛び乗ると、にじにじと躙《にじ》り寄ってきた。啓太は焦《あせ》る。いて、いた！

まだ痛いよ、おい！

「ほら、ごきようやに手伝って貰《もら》って作った栄養ドリンクですよ！　ほら！」

満面の笑みを浮かべて小型の魔《ま》法瓶《ほうびん》を差し出してくるコドモコドモした手。

あれ、おかしいぞ？

ようこを見たのなら分かるけど、こ、こんな！

こんなお子様を見て、この俺が！

啓太《けいた》は己《おのれ》に驚愕《きょうがく》する。そこへようこの声が台所から飛んでくる。

「ともはね〜。ちょっとこっち手伝ってくれる？」

素直なともはねは、

「あ、うん。分かった！　今、行くね、ようこ！」

啓太に魔法瓶《まほうびん》を預け、にこっと笑って、

「じゃあ、朝ご飯の後《あと》とかに飲んでくださいね？」

よいしょっとベッドから降りると、すてててっと台所の方へ駆けていく。啓太は急に己に不安を覚える。焦《あせ》りを感じる。

そこへ外から河童《かっぱ》が「くけ？」と鳴きながら入ってくる。目が合う。分からん。自分が全《まった》く分からん！

グングニルは未《いま》だ天頂を指し続けている！

いや、あくまで比喩《ひゆ》表現《ひょうげん》なんだけど。

そんなことしたところで本質的には全く何も変わらないんだけど……。

「嘘《うそ》だろ、おい！　なんだよ、これ？」

啓太は小声でそう呟《つぶや》きながら、そっと己の分身に言い聞かすようにブランケットをめくる。

と、そこへさらに、

「おはようございます♪」

外から涼《すず》やかな声が聞こえてきてまずもっともこの場で現れて欲しくないなでしこが。

続けて、

「お、おはようございます……啓太様」

最近、とみに女の子らしさを増してきたたゆねが部屋に入ってくる。啓太は焦る。内心、

〝ひ〜！〟

と、ムンクの絵のポーズで叫びながら、

「ど、どうしたの、なでしこちゃん⁉　それにたゆね！」

するとなでしこはにこにこ微笑《ほほえ》みながら、

「今日、啓太様、本家《ほんけ》に行かれるじゃないですか？　それでももし宜《よろ》しければその前にマッサージでもして差し上げようと思ってやって来たんです」

ま、マッサージ⁉

なんでこのタイミング⁉

しかし、なでしこはあくまで清楚《せいそ》に、

「ほら、以前、ヒダル神が取り憑《つ》いた時にもやりましたでしょう？　アレを。今日は大事な日ですし」

「大事な日？」

「ええ」

なでしこは目をやや伏《ふ》せ気味《ぎみ》にして、

「恐らく今日はその」

彼女は躊躇《ためら》ってから、

「川平宗家《かわひらそうけ》のご引退を表明するような会が開かれるのではないかと」

「え？」

啓太《けいた》が固まっている。なでしこと一緒《いっしょ》に聞いたたゆねも目を剝《む》いていた。初めて聞いた、そんな話。

なでしこは困ったように笑い、

「と、そう薫《かおる》様はお考えみたいです」

「……どれくらいの信憑性《しんぴょうせい》で？」

「宗家様は」

なでしこは微笑《ほほえ》みながらゆっくりと、

「海外旅行に関連する書籍《しょせき》やガイドブックを沢山《たくさん》集めておいでとか。しかも一国だけではなく世界中のガイドブックを集めておいでのようです」

ようこともはねもやってくる。

なでしこはちらっとそちらに目をやって、

「もう大妖狐《だいようこ》を見張るためにあのお山の麓《ふもと》に留《とど》まる必要もないですし、これを機会に世界一周でもするのではないかと。あの、はけ様をお供に連れて」

「やりかねん」

と、啓太《けいた》は呻《うめ》いた。

「あの婆《ばあ》ちゃんならやりかねん！」

一瞬《いっしゅん》、下半身の異変を忘れて啓太は感嘆とも呆《あき》れているとも取れる溜息《ためいき》をついた。なでしこは言《い》い添《そ》える。

「薫《かおる》様はそのことを啓太様がお気づきでないようならぜひ伝えて欲しいと仰《おっしゃ》ってました。〝とにかく今日はお互い絶対に本家《ほんけ》へ顔を出しましょう！〟とのことです」

「あ、う」

妙《みょう》に歯切れが悪くなる啓太。ようこは得心《とくしん》がいったように腕を組み頷《うなず》く。

「へえ〜、じゃあ、今日はだから川平《かわひら》の人たち沢山《たくさん》、集まる訳《わけ》か〜」

なでしこは微笑《ほほえ》んで、

「まだ正確なところは分かりませんけどね」

ともはねが、

「なんか不思議《ふしぎ》。今の宗家《そうけ》様が引退するのは……でも、旅行は楽しそう。きっとはけ様も半分くらいは喜んでるんじゃないかな？」

たゆねがそこで、

「あ、あのさ、でも、今の宗家様が引退するということは」

と、何か言いかけ、急に口籠《くちごも》った。一同が彼女を見ていることに気がつき慌《あわ》てたように、

「あ、まあ、き、気にしないで。そ、それより！」

と、啓太の方を見やった。

「啓太様……あの」

恥ずかしそうに、

「大丈夫ですか、お身体《からだ》？」

大丈夫じゃないんだけどね！

今のお身体！

たゆねが聞いているのとは全《まった》く違《ちが》う意味で！

啓太は慌てたように、

「お、おお！　だ、大丈夫さ！　というかお前ら、ちょっとオーバーなんだよ！　俺、そんなに別に消耗《しょうもう》してる訳じゃないぜ？」

実際そうだった。啓太はこれでも修行過程で散々、好天玄女《こうてんげんにょ》とかに鍛《きた》えられてきた身の上である。疲れていると言っても一日、二日ゆっくりと寝てればすぐに回復する程度である。それ

くらいの地力《じりき》はあるつもりなのだが。

今は……。

「でも、啓太《けいた》様、お顔色悪い」

と、ともはね。

「ん。そうね？　ケイタ、熱でもあるの？」

啓太の額《ひたい》に手を伸ばしてくるようこ。なでしこが思案顔《しあんがお》で、

「お風邪《かぜ》でしょうか？」

「……」

たゆねは無言で心配そう。啓太は、

〝ひ〜〟

と、叫んで壁《かべ》に身を寄せる。ブランケットで下半身だけは絶対に隠《かく》す。とびきり可愛《かわい》らしい
女の子たちが三人（＋お子様）近づいてきて。

にょ、如意棒《にょいぼう》が！

俺の如意棒が！

「ちょっと、ケイタ、どうしたの？」

ようこがベッドの上に上がってきて、なでしこがふと不審《ふしん》そうに、

「あの」

小首《こくび》を傾《かし》げる。

「その毛布の下、なにかいるんですか？」

それくらいレイのアレは張り切っている！

「なに？　なんか隠してるの、ケイタ?!」

ようこは急に叱責《しっせき》するように、

「もう！　ほら！　隠してるならちゃんと見せなさい！」

見せちゃダメなんだよ～。こればかりは見せちゃダメなんだよ～。

啓太は内心泣いている。でも、ようこは情け容赦《ようしゃ》なく、

「ケイタ！」

と、叫んで啓太の膝《ひざ》からブランケットを引っ張り抜いた。ともはね、たゆね、なでしこが啓太の股間辺《こかんあた》りを注視し、啓太が心の中で悲鳴を上げたその瞬間《しゅんかん》。

「ごめん！」

ぼうんと煙が辺りに噴《ふ》き上《あ》がる。

「武士の情けでござる！」

「え？」

辺りの視界が奪《うば》われる。そして……。

「は、はい？」

少女たちが周囲を見回した時、啓太《けいた》の姿《すがた》は部屋の中から掻《か》き消《き》えていた……。

啓太がどんな風にしてそこから連れ出されたのか分からない。だが、気がつけば彼は古びた洋室の中央に座らされていた。

「……どこだ、ここ？」

彼は辺《あた》りを見回す。薄暗くて部屋の様子《ようす》がイマイチ判然《はんぜん》としない。調度品らしいモノはなにもない。ただ目の前に緞帳《どんちょう》のような重たい幕《まく》が垂《た》れていて、どうやらそこから先が一段上がったステージのようになっているようだ。

殺風景《さっぷうけい》な内装。そして肌寒《はだざむ》い、どこか埃臭《ほこりくさ》い空気。

そこで彼はふとあることに気がつき、

「く！　なんだ、これ？」

身をよじった。

彼はいつの間にか椅子《いす》の背もたれにくくりつけられるようにして縛《しば》られていた。ご丁寧《ていねい》に後《うし》ろ手《で》までしっかりと縛られているので身動きを取ることが一切出来《いっさいでき》ない。なんどか身体《からだ》を揺《ゆ》すってみたが、一見そんなに太くもない縄《なわ》は巧妙《こうみょう》かつ精緻《せいち》に啓太の関節に絡《から》みついていて一向《いっこう》にほどけなかった。

「こ、この！」

　と、彼が縄を相手に悪戦苦闘《あくせんくとう》していると突然、

「逞《たくま》しく鍛《きた》え上《あ》げられた紳士諸君！」

　高らかな声と共に、

「まずはあなたたちの出番です！」

　さっと緞帳が引き上がり、ぱぱっとスポットライトがついてステージを照らし出す。啓太は目を思いっきり見開く。そこに立っていたのは……。

「ど～」

　筋骨隆々《きんこつりゅうりゅう》の。

「れ～」

　肌が赤銅色《しゃくどういろ》にこんがりと日焼けした。

「ふぁ～」

　黒パンツ一丁の男たち。しかもスキンヘッド！

「そ～」

　彼らは一斉《いっせい》にそれぞれ違《ちが》うボディビルのポーズを取ると、

「は～～～～～～～～～～～～～～～～～！」

　と、重低音で気合いの声を発した。キレキレの筋肉。浮かび上がる血管。思いっきり歯を剝《む》いたかっと目を見開いた不気味《ぶきみ》な表情。

気の弱い人だったらとっくに心臓が麻痺《まひ》している。

マッチョたち。

「は～～～～～～～～～～～～～～～～～～！」

再びポーズを変え、男たちはステージからずん、ずんとリズム良く降りてくる。ちゃっちゃっと特定のテンポで次々とアブドミナルアンドサイ、トライセップス、ラットスプレットフロントをキメながら彼らは啓太《けいた》を取り囲み、そして、

「んっはあ～～～～～～～～～～～～～～～～～～～～！」

思いっきり顔を近づけ、脇《わき》を近づけ、腹を近づけた。そのままぴたっと静止する。

筋肉の物体。ごつごつしている。

生暖かい体温。

感触《かんしょく》が……。

伝わってきて。

一拍《いっぱく》置いて。

今まで顔面蒼白《がんめんそうはく》で固まっていた啓太が。

「ぎゃあああああああああああああああああああ！」

絶叫《ぜっきょう》を上げた。

「＆、（％＄＄、＆（（％＄＄！））％＄＄」

今までどんな凶悪な魔物《まもの》と相対《そうたい》しても軽口を叩《たた》き、飄々《ひょうひょう》と不敵《ふてき》に笑って戦い抜いてきた啓太が手もなくパニックに陥《おちい》っている。

彼は椅子《いす》に座ったままぴょんこぴょんこと後ろに飛《と》び跳《は》ねて逃げた。

追撃《ついげき》するマッチョたち。

「んはああああああああああああ！」

彼らは無表情にどこを見ているのか分からない曖昧《あいまい》な目線でそれぞれまたポーズを決めて追いすがってくる。

その度《たび》、

「んはあああああああああああああああああああ！」

「ひぃいいいいい！」

涙目で身をよじる啓太。怖い！

本当に怖かった！

なんなんだ、こいつら!?

い、威嚇《いかく》してくるよ？

に、にんげんなの？

そ、それとも。

どうぶつなの?

「なに、これ⁉　なんなの、これ⁉」

意味が全《まった》く分からない!

「ん、んん、んん、はああああああああああああああ!」

マッチョたちがちらっと互いに視線を交《か》わし合《あ》い、そして、

「必殺!」

さっと啓太《けいた》を取り囲むと彼を椅子《いす》ごと軽々と抱《かか》え上《あ》げ、

「男の!」

「や、やめ!」

と、目を剥《む》いた啓太に構《かま》うことなく、

「男のボディハグ!　全力!」

彼を思いっきり強く抱きしめた。

「ぜんかいいいいいいいいいいいいい!」

ぎゅむっと筋肉に圧縮される啓太。その男臭さに、圧力に、気色悪《きしょくわる》さに。

「ぐ、が……」

彼の意識はそのまま遠のいたのであった……。

「いえ、ですから」

と、それからしばらくして啓太の目の前で漆黒《しっこく》のタキシードにマントを羽織《はお》ったマジシャン風の紳士がしきりに言《い》い訳《わけ》していた。

「あれは決して川平《かわひら》さんを殺《あや》めようとしたとかそういうことではなく」

それに着物姿《きものすがた》のいぶし銀の男性が腕を組んで頷《うなず》く。

「そ～だぜ、こちとらあんたの危機っていうから仕事休んで駆けつけてるんだ。ちったあ感謝して欲しいな」

さらにスーツを着た小太りの中年男が、

「まあまあ。川平さんからすればきっと訳《わけ》が分からないままなんでしょうし。でもね、信じてくださいね、川平さん？　僕らはいつだってあなたのことを心配して、心配したからこそあのような強引な手に」

それに対してひくひくと震《ふる》えていた啓太が、

「いいから」

と、我慢《がまん》の限界を超《こ》えて叫んだ。

「いいからとっとと俺の縄《なわ》ほどけ！」

それに対して吉日市《きちじつし》が誇る（？）三人のヘンタイ、ドクトル、親方、係長がきょとんと固まった。

それからすぐに、

「おお、コレは失礼しました。係長、お願いできますか？」

というドクトルの言葉で係長が早速、啓太《けいた》の縄《なわ》を解いた。どうやら今の今まで啓太をずっと縛《しば》っていたことをなんとも思っていなかったようだ。相変わらずなんというか世間的《せけんてき》な尺度からはずれた連中である。

啓太は自由になった手首をぶらぶらと回しながらぶつくさと、

「ったく」

呟《つぶや》く。啓太が目を覚ました時には既《すで》に先ほどの洋室からこの畳敷《たたみじ》きの和室に移されていた。彼の目の前には吉日市《きちじつし》が誇る三大ヘンタイ巨頭、ドクトル、親方、係長がどこか神妙《しんみょう》な顔つきで並んで座っている。

啓太は憮然《ぶぜん》とした表情で、

「で」

じろっと三人を見回した。

「どこなんだよ、ここは？」

その質問にドクトルが微笑《ほほえ》んで、

「ご心配なく。我らが集会する時などに都合《つごう》が良いよう借り受けた市内の施設です。大丈夫。

きちんと合法的な手続きを取って借り受けておりますよ」

啓太は時として発揮されるヘンタイたちの異様なネットワークに暗澹《あんたん》とした気分で溜息《ためいき》をつきながらも、

「ま、場所は分かった」

ぎりっと歯がみ。

「で」

一言一言区切るように、

「なんで俺が拉致《らち》されたんだ？」

それから思い出すのもおぞましいというように身震《みぶる》いしながら、

「なんで」

うえっぷとえずき、

「なんで、俺があんなマッチョどもに抱きつかれなければならないんだよ？」

その言葉に吉日市三大ヘンタイは黙《だま》りこんだ。それから三人揃《そろ》ってすっと啓太の下半身を指さす。啓太はうっと言葉に詰《つ》まった。

あれだけのことがあったのに……。

あれから結構時間が経つというのに。

ドクトルが痛ましそうに首を横に振った。

「一向《いっこう》に治りませぬな」

彼の黄金の羅針盤《らしんばん》は常に極北《きょくほく》を指し続けていた。しかし、どう言《い》い換《か》えても事象はたった一つなのであった……。


「う、ぐ！」

啓太《けいた》は頭を抱《かか》える。本当に一体ナニがあったのか。

ナニが！

ナニが！

俺のナニがあ！

「あうううううううがあああああ！」

啓太は身をよじった。ドクトルが言う。

「私が今日の明け方辺《あた》りから見ていた限り、ずっとその状態です」

明け方から俺を覗《のぞ》いていたのかよ！

という突っ込みはもう啓太から出なかった。彼は半《なか》ば恐れるように、

「……一体、なんなんだろうな、これ？」

ドクトルは溜息《ためいき》をついた。

「分かりません。病気なのか」

啓太はひくんと不安そうな顔つきになった。

「あるいは何かの霊的《れいてき》な障害か」

どちらにしてもあまりよい状態ではない。ドクトルは沈鬱《ちんうつ》な表情で、

「なんにしてもソレは治《なお》さねばなりません」

啓太は思いっきり変な顔になって、

「だからか！」

「はい？」

「だから、俺をあんなマッチョどもに！」

く〜と身体《からだ》を震《ふる》わせ、

「マッチョどもに……マッチョどもに。うう、マッチョに。俺は何度も何度も、うう」

しくしく泣き出す啓太。なんだか色々なトラウマがあるようだ。

「ええ」

と、ドクトルはなんでもないような顔で平然と、

「それが一番、手っ取り早い方法かと」

親方も係長も賛意を示す。

「あんた、筋金《すじがね》入りの女好きだからな。萎《な》えさすなら、やっぱりああいう感じだろう？」

と、親方。

「それに不意打気味《ふいうちぎみ》にすればショック療法《りょうほう》にもなりますし」

と、こくこく頷《うなず》きながら係長。ドクトルが静かに言《い》い添《そ》えた。

「覚えておいでですか？　あなたが今とは全く逆の状態になった時ですよ、初めて私たちがあなたにお会いしたのは」

ドクトルは不思議《ふしぎ》な瞳《ひとみ》をしていた。なにか慈《いつく》しむような。それはある意味で父親的と言ってもよいかもしれない。どこか見守るような目つき。

「あ」

啓太《けいた》は思い出していた。

確かにそうだった。犬を供養《くよう》する寺。そこに祭られた犬がマッチョな男たちに取《と》り憑《つ》いてしまって……それで自分は彼らを宥《なだ》めるために。今、思い出してもぞっとする。そしてその結果、彼の中心部は大変、元気のない状態に。

そこで彼は出会ったのだ。

このとんでもなく頭のおかしなヘンタイたちと。

「ですから、そういう行為を再現すれば鎮《しず》まると思ったのです。あなたの……まあ、今では大変、お元気な部分が」

「ぐ」

啓太は言葉を失っている。確かに強引なやり口はともかく、マッチョな男たちをぶつけるのは今、このような状態になっている彼にとってもっとも有効な方法だったかも知れない。そしてその結果、彼は未《いま》だに治《なお》っていない。

かなり事態は深刻とみてもよいかもしれない。

「川平《かわひら》さん」

と、ドクトルが真剣な顔つきで言ってきた。

「今日の夕方までになんとかそれを治しましょう」

啓太は怪訝《けげん》そうな顔になった。

「……今日の夕方？　なんでだよ？」

ドクトルは落ち着いた声で、

「川平家の重要な集会があるのでしょう？」

啓太は半目に、

「なんで知ってるんだよ！　……って、当然、覗《のぞ》いていた訳《わけ》だよな？」

ドクトルは悪びれもせず頷《うなず》く。

「ええ、恐らくはあなたにとっても、川平家にとっても重要な会議がそこで行われるはずです」

啓太はさらに不審《ふしん》そうに、

「……なにを根拠《こんきょ》に言ってるんだ、それ？　なんか覗いて知ったのか？」

ドクトルはその質問には答えなかった。彼は鷹揚《おうよう》に笑う。

「川平《かわひら》さん。なんにしてもあなたもそのままという訳《わけ》にはいかないでしょう？　体裁《ていさい》というモノがありますし、なによりそれは日常生活にさえ差《さ》し障《さわ》りがあるレベルだ」

確かに。

実は先ほどから動きにくくて仕方ない。彼の体中央剛直《セントラルドグマ》。

「うう」

と、啓太《けいた》が再び頭を抱《かか》えたところでドクトルが胸元に手を当て一礼した。

「力になりますよ、川平さん」

親方が力強く胸を叩《たた》いた。

「忘れてたかい？　この手の問題なら俺たちが専門家だぜ？」

係長が微笑《ほほえ》んだ。

「あなたの悩みは私たちの悩みですよ」

啓太はちょっとほろりときた。

不覚にもじ〜んとした。いつも大概《たいがい》、大概、迷惑《めいわく》をかけられている。正直なところ仲間扱《あつか》いされるのは心外極《しんがいきわ》まりない。

だけど。

この大馬鹿なヘンタイたちが。

啓太の運命を変えてきたのも確かだ。案外、悪い方《ほう》でもなく。

「うう、お前ら」

啓太は三人を見回す。三人もうんうんと頷《うなず》いている。なんとなく良い雰囲気《ふんいき》が流れる。ああ、男同士の連帯感ってのも悪くないぜコンチクショウ、みたいなことを啓太が鼻の下を擦《こす》りながらしみじみ考えているとドクトルがぱちっと指を鳴らした。

「では、早速。再び逞《たくま》しき紳士諸君」

その言葉にからりと障子《しょうじ》が開いて、恐らくは隣の間に控《ひか》えていたのであろう先ほどの黒パンツ一丁の男たちがどやどや入ってくる。

啓太は凝固《ぎょうこ》した。

「い!?」

それからドクトルの方を振り返って噛《か》みつくように、

「お、おい！　こら、まさか！」

だが、ドクトルは優しく首を振った。

「ご心配なく。先ほどの方法を繰り返すつもりはありません」

啓太がちょっとほっとしていると、

「なので、少し理化学的な方法を取ろうかと思います」

へ？

り、りかがくてき？

と、啓太《けいた》がきょとんとすると、

「えいほ！　えいほ！」

マッチョたちがなんか見るからに仰々《ぎょうぎょう》しい大きな機械を運んでくる。なんか映画とかで見るような。

なんか主人公を拷問《ごうもん》する時に見たような。

コードの先にバチのような短い棒《ぼう》がついていて、その先端からいかにも高圧の電気が流れてきそうな……。

ドクトルは設置されたその機械を手慣れた様子《ようす》で弄《いじ》ると、

「ちょっとした」

ばちっと彼が手に持った二つの電極から火花が飛び散った。

「衝撃《しょうげき》を川平《かわひら》さんに与えてみようかと」

気がつくと彼の背後には親方と係長がいてがっしと啓太を押さえ込んでいる。二人ともいつの間にか電気を通さないゴムの絶縁体《ぜつえんたい》スーツをしっかり着込んでいた。

「！」

啓太が青ざめた瞬間《しゅんかん》。

「治《なお》るといいですね、啓太さん？」

どこかもの悲しそうな顔のドクトルが啓太に向かってその先端を近づけてきた。

「ぎゃあああああああああああああああああ！」

そして轟《とどろ》く啓太の絶叫《ぜっきょう》。


結局、電気では啓太のアレは治らなかった。

そこでヘンタイたちはひそひそと額《ひたい》を寄せあう。

「では、次は冷やしてみましょうか？」

「いやいや、熱湯をかければ案外、縮むかも？」

「それより思いっきりカナヅチかなんかで叩《たた》いてみれば？」

とか、なんとか言っていて合間《あいま》に、

「ふざけるな！　お前たち俺の股間《こかん》をなんだと思ってって、ぎゃあああああああ！」

啓太の悲鳴が入るのだった……。


そしてその色々試した結果。

「前より、もっと酷《ひど》くなったじゃねえか！」

頭を抱《かか》えて叫んでいる啓太の前で正座をした三人組がしゅんとなっていた。この時点で川平本家《ほんけ》に行くタイムリミットはもうとっくに過ぎていた……。

川平本家《かわひらほんけ》の大広間には既《すで》に沢山《たくさん》の人が集まっていた。その顔ぶれは川平の親戚筋《しんせきすじ》に留《とど》まらず、財界や政界の名の知れた大物たちも入り混じっている。川平宗《そう》家の人脈の広さは実に多岐《たき》に渡っているのだ。

貫禄《かんろく》のある恰幅《かっぷく》の良い悠然《ゆうぜん》としたあるいは錚《そう》々たる面々。

彼らは皆、用意された座布団《ざぶとん》の上に座ってひそひそと互いに声を交《か》わし合《あ》っていた。今日、川平宗家から重要な発表があると聞かされてこうして来ているのだが、その詳しい内容までは知らされていないのだ。

ただ、

『懇意《こんい》にさせて頂《いただ》いている皆様にどうしてもお伝えしたい儀《ぎ》があり、お呼び立て致します。その後は軽く酒宴《しゅえん》など如何《いかが》か？』

というような内容の手紙が届いたのだ。

霊能力《れいのうりょく》のないほとんどの者が霊的な問題を抱《かか》えているさなかに川平宗家と知り合い、彼女に命なりなんなりを救って貰《もら》って親交を結ぶようになった。中には川平宗家の気っぷの良さに惚《ほ》れ込《こ》んで個人的に川平家を後援している者もいる。

一方、川平家の親類以外の霊能者だと川平家と不即不離《ふそくふり》の関係で連携を取り続けている退魔《たいま》の名門の家系の者たちが多数出席していた。皆、それぞれ川平家、という日本の裏社会の特異な家系に大なり小なり縁を持ち、その行《ゆ》く末《すえ》を気にかけている者たちばかりと言ってよい。

それにもちろん川平の親戚関連。

同じ犬神使《いぬかみつか》いの家系、東《あずま》家。

驚いたことにその当主である白蓮斉《びゃくれんさい》が老齢を押して顔を出していた。従って今日は何かよほどに重要なことが告《つ》げられるのだと川平の縁戚筋は囁《ささや》きあっていた。

そして。

そこから少し離れた控《ひか》えの間では……。

端然《たんぜん》と正座をして瞑目《めいもく》している川平宗家。同じく正座をしながら腕を組み、軽く苦笑《くしょう》している川平薫《かおる》。

そしてあわあわとパニックになっている薫の犬神《いぬかみ》たちがいた。

彼女らはそれぞれ紺色《こんいろ》の和服を着て、来客の給仕に当たっていた。当初は粛々《しゅくしゅく》と仕事をこなしていたのだが、時間が経って行くにつれて徐々に焦《あせ》りの色が濃くなっていった。川平啓太《けいた》が何時《いつ》になっても現れないのだ。

川平本家に来た時点で薄々、悟《さと》っている。

今日は川平家にとって、そして川平家の命運を背負う川平薫と川平啓太にとってとても重要な日になると。

それなのに主役の一人である啓太が一向《いっこう》に顔を出さないのだ。

「ともはね！　啓太様《けいた》はまだ？」

表玄関《おもてげんかん》の方《ほう》を見に行ったともはねにせんだんが鋭く声をかけた。ともはねは今にも泣き出しそうな声で、

「まだだよ～」

「まったくう」

「なにやってるのかな、あの人？　とにかくもう一度街の方を見てくる！」

いまりとさよかがとんと畳《たたみ》を飛び立つ。入《い》れ違《ちが》いに、

「……いなかった」

深い溜息《ためいき》をつき、ようこが天井《てんじょう》からすとんと現れた。彼女もまた他の少女たちと同じように当初は接客を手伝っていたのだが、それよりも啓太を探《さが》しに外へ出ていた時間の方が長くなってきた。

「ケイタ、家にも戻《もど》ってないよ。どうしたんだろう？」

その場にいた面々が顔を曇《くも》らせる。啓太は確かに何者かに拉致《らち》されたように見えた。しかし、あの時、聞こえた声から大体、誰《だれ》の犯行かは見当がつく。問題は啓太がなぜ戻ってこないかだ。啓太を攫《さら》っていったのは間違《まちが》いなく啓太を慕《した》っているヘンタイたちなのだ。このような差し迫ったタイミングで啓太を返さないとはとても思えない。

「いったい」

と、ようこが眉《まゆ》をひそめた。

「なんなんだろう？」

啓太、様子《ようす》が変だったけど……。

と、そこへ。

「うぃっす……」

なんだかすごくやつれたような声が聞こえて、からっと障子《しょうじ》が開いた。その場にいた少女たちが思わず歓声を上げた。

「啓太様！」

そこに川平《かわひら》啓太が立っていた。なんだかちょっと疲《つか》れ気味《ぎみ》のようだったが、

「悪い。遅くなった！」

よろっと片手を上げる。ようこは、

「ど、どうしたの？」

と、困惑《こんわく》する。啓太はふらついていた。なんだかひどく歩きにくそうにしていた。足の股関《こかん》節辺《せつあた》りがぎくしゃくしているような……。

だが、啓太は、

「あはは、ちょっとな」

と、言葉を濁《にご》す。目を逸《そ》らし、目を泳がせ、深い溜息。ようこが心配してさらに何か尋《たず》ねよ

うとした時。

「遅い！」

と、今までずっと目をつむっていた宗家《そうけ》が一喝《いっかつ》。

ようこの言葉を遮《さえぎ》った。

「馬鹿者！」

彼女はすっと立ち上がると、

「行くぞ、啓太《けいた》、薫《かおる》。客人たちを待たせすぎてしまった！」

廊下に向かって歩き出す。薫がふっと笑って、

「さ、啓太さん。参りましょう！」

啓太を促《うなが》す。啓太は、

「お、おう」

と、あまり気乗りのしないような様子《ようす》で二人の後《あと》についていった。途中、心配そうな少女たちを振り返る笑顔がなんだかとても弱々しかった……。

啓太は廊下を歩いているさなか、

〝ふおおおおおおおおおおおおおおおお！〟

と、思っていた。痛い。ひじょ～に痛かった。結局、あれから更に剛性《ごうせい》を増した直情野郎《きかん坊》を

なんとか抑《おさ》えるために何重にもテーピングを施《ほどこ》して辛《かろ》うじて体裁《ていさい》を取《と》り繕《つくろ》っているのである。

そうでもしなければそもそもズボンすらはいていられない状態になっていた。本当に状況が酷《ひど》くなっている。

啓太はひよこひよことおかしな足取りで廊下を歩いていた。ちょっと先を行く宗家と薫は振り返りもしない。と、そこへ。

「おう」

向こうから歩いてくる一人の魔導師《まどうし》がいる。

豪奢《ごうしゃ》な刺繍《ししゅう》が施された黒衣を身にまとっている。彼にとっては恐らくそれが正装に近い格好《かっこう》。

川平《かわひら》家の食客《しょっかく》の一人、赤道斉《せきどうさい》である。恐らくはこのような仰々《ぎょうぎょう》しい集まりが催《もよお》されているのを見て、彼なりに気を遣《つか》っているのだろう。

きちんと上から下まで服を着ていた。

赤道斉は啓太とすれ違《ちが》いざま、うんうんと満足そうに頷《うなず》き、

「良かったな」

は？

と、脂汗《あぶらあせ》を流しながら啓太。なに言ってるんだ、こいつ？

とか、思っていると、

「我が友、てんそうから聞かされて少し哀《かな》しく思ったぞ、川平啓太？　そんなに若いのに元気

がなくなるとは。でも、我がお前が寝ている時に飲ませてやった薬で良かったな」

ふっと笑う。

「ちゃんとそんなにびんびんになった、、、、、、、、、」

啓太《けいた》が、

「んな！」

と、目を剝《む》く。

これ、お前のせいかよ！

お前の元気がないって、そこしかないのかよ!?

ちょっとまて、こら！

と、何か引き留める前に、

「啓太！」

前を歩いていた祖母が振り返って鋭く叱声《しっせい》を発し、その間に赤道斉《せきどうさい》はすたすたと歩み去って
しまった。啓太はおろおろと祖母と赤道斉の背中を交互《こうご》に見比べたものの、

「く！」

結局、仕方なく祖母の後《あと》を追いかけた。

とにかく全《すべ》て終わったらとことん赤道斉をぶっちめようと思った……。

大広間に集まっていた来客たちは川平宗家《かわひらそうけ》、薫《かおる》、啓太が順番に入ってくるのを見て、ぴたりと話すのを止めた。しんと辺《あた》りが静まり返り、咳《しわぶき》一つ聞こえなくなる。ぴんと場の空気が張《は》り詰《つ》めた。だが。

啓太にとってはどうでもよかった。

じっとこちらを見てくる政財界の大物や川平家関係者、退魔師《たいまし》たちの品定めするような目などホントどうでもよくてひたすら、

〝いてててて！　あいてててて！〟

と、心の中で呻《うめ》いている。

「……」

すっと川平宗家が正座し、薫もそれに倣《なら》うのを見て半分泣きそうになりながら自分もよろよろとそれに続いた。ちょうど啓太と薫で宗家を挟《はさ》む形になる。

〝あおう！〟

正座すると余計に痛みが走る。

股間《こかん》に。

厳粛《げんしゅく》な場。宗家は重々しく、薫は涼《すず》やかだが屹然《きつぜん》とした雰囲気《ふんいき》を漂わせていて、来客たちは緊張感に満ちている。その中で。

啓太《けいた》一人が、

〝あいててて！　股間《こかん》いて！〟

と、一人で全《まった》く関係ないことを内心叫んでいた。

〝いてえよ、おい！　なんか余計に酷《ひど》くなってないか、これ？〟

なんか生育するタケノコのようににょきにょき天井《てんじょう》を目指してる気がする。いったい、ナニに反応してるんだよ、マイサン!?

許されることならぱんぱん畳《たたみ》を叩《たた》いてギブアップしたい。

〝へーるぷ！　誰《だれ》か俺を助けて、ぷりーず！〟

しかし、そんな啓太の苦悩とは関係なく。

全く関係なく、

「ん」

と、背筋《せすじ》をピンと伸ばしていた川平宗家《かわひらそうけ》が咳払《せきばら》いをしてから話し始めた。

「今日、皆様方《みなさまがた》に集まっていただいたのは他でもない」

宗家は懐《なつ》かしそうな目で一同を見回した。

「随分《ずいぶん》と古い付き合いの方々がいるな。言《げん》を費《つい》やすのはわしの趣味ではない。単刀直入《たんとうちょくにゅう》に言う」

気負いなく微笑《ほほえ》み、

「わしは川平家の宗家を引退する」

どよっとざわめきが走った。薫《かおる》が昏で笑み、どこか寂《さび》しそうに目を細める。人に見えないように姿《すがた》を隠《かく》した状態でずっと大広間の脇《わき》に控《ひか》えていたはけが正座し、深々と頭を下げた。六十年。六十年近く川平榧《かやの》は川平家を背負い続けた。六十年最強であり続け、六十年一族を盛り立て、引っ張り続けた。

充分だ。

充分すぎると皆、分かってはいても動揺《どうよう》は隠しきれない。今の川平宗家がいたからこそ川平家は政財界にも顔の利《き》く北日本で五指に入る格式高い霊能者《れいのうしゃ》の名門であり続けたのだ。その豪《ごう》放磊落《ほうらいらく》でありながら、優しい人柄に随分と沢山《たくさん》の人たちが助けられた。

命も。名誉も。

宗家は。

否《いな》。

今やただの川平榧に戻《もど》った老婆《ろうば》は柔らかく告《つ》げる。

「なに。格別健康を害したわけでも、年を感じたわけでもない。わしはいつも言っているようにあと五十年は生きる。そうではなくてな」

少女の頃《ころ》から変わらぬ晴れやかな生き生きとした眼差《まなざ》しで、

「わしはもそっと世界が見たくなったのよ。遥《はる》か世界がな。若い頃は行けなかったから」

くくっと肩を震《ふる》わせ楽しそうに、

「ま、一、二年はゆっくり世界を見て回るつもりじゃ。なんで自由にさせて貰《もら》えるとたいへんありがたい。この婆《ばば》の最後の我儘《わがまま》と思って許して貰えると助かる」

広間に集まった人たちがまだざわついている。啓太《けいた》は半分呆然《ぼうぜん》としていた。じんわりと切《せつ》ない感慨《かんがい》が心に浮かんでくる。

彼が生まれた時からずっとこの家で川平家《かわひらけ》の象徴であり続けた祖母が今、引退しようとしている。それはあまりにも大きな時代の変遷《へんせん》で、たとえようもないくらい心を揺《ゆ》さぶられる出来事《できごと》だった。

心にぽっかりと穴が空《あ》いたような。

それでいて妙《みょう》にすっきりした気もする。

寂《さび》しさと切なさが入《い》り交《ま》じった不思議《ふしぎ》な気持ち。恐らくこの場に集まったほとんどの者が感じたであろう川平榧《かやの》への親愛の気持ち。

〝婆《ばあ》ちゃん〟

と、川平啓太は心の中で呼びかけ、

〝俺、婆ちゃんの……股間《こかん》、いて！　いて！〟

全《まった》く関係ない想《おも》いに啓太は正座したままぴょんぴょん軽く跳《は》ねる。薫《かおる》が怪訝《けげん》そうにちらっとこちらを見てきた。

でも、気にしてられないほど痛い！

すごく。

痛い！

そして啓太の焦燥《しょうそう》に関係なく老婆《ろうば》は淡々と話し続けた。

「でな、今日集まって貰ったのは他でもない。わしの後継者《こうけいしゃ》を指名しておこうと思っての」

この言葉に今度こそ衝撃《しょうげき》が走った。

一同はざわめいている。薫は軽く目を見開く。はけが顔を上げ、表情を引《ひ》き締《し》めた。啓太は朦朧《もうろう》としながら思っていた。

は？

後継者？

誰《だれ》？

川平の？

「うん。そやつは若輩《じゃくはい》なんじゃがの。まあ、わしの目から見ても随分《ずいぶん》と伸びたよ。なんで今すぐどうこうという訳《わけ》ではないんじゃが、いずれきちんとした川平家の代表になって貰う」

啓太は思ってる。

ああ、薫か。

可哀相《かわいそう》に。なまじ優秀なヤツなもんだから、そんな窮屈《きゅうくつ》な役目に……。

「本当を言えばかなり悩んだんじゃ。でもな、わしはこれで間違《まちが》いない気がする。啓太《けいた》」

はい？

「なにを呆《ほう》けておるのじゃ？　お前じゃよ？」

「は？」

と、啓太は声を出している。意味が分からない。

は？

と、繰り返す啓太に宗家《そうけ》は呆《あき》れたように溜息《ためいき》をついて。

「だからあ」

と、諭《さと》すように言う。薫《かおる》がふっと微笑《ほほえ》んで大きく頷《うなず》いた。当然だ、という顔だ。

「お前じゃよ」

は？

「だから！」

怒ったように、

「川平《かわひら》の！　次の宗家《そうけ》は！　お前じゃ、と言うてるんじゃや、啓太！」

その瞬間、啓太は思わず前のめりにずり落ちた。

「はああああああああああああああああ!?」

意味が分からない。

な、なんだ、それ⁉

「⁉」

啓太は咄嗟《とっさ》にすがるように薫を見た。

〝お前だろ？　それ、お前の役目だろう⁉〟

という顔だ。だが、薫は涼《すず》やかにそれを受け流し、ぐっと親指を立てて笑った。

〝頑張《がんば》って！〟

という意味だ。

「か、薫⁉」

と、思わず啓太は口に出していた。

なんだか色々と裏切られた気分だ。

動揺《どうよう》し、完全にパニックに陥《おちい》っている啓太に対して宗家は大きく呆れたように首を振り、次にその場に集まった客人たちに向き直って問いかけた。

「という訳じゃ、皆様方《みなさまがた》。ご異存《いぞん》がある方はおられるだろうか？」

啓太はそこではっとなった。

良かった！

当たり前だ。大丈夫。婆《ばあ》ちゃんはなんか乱心《らんしん》したみたいだけど。

この場にいるお偉《えら》いさんたちがきちんと否定してくれる。

ちゃんと婆《ばあ》ちゃんを説得してくれる。

なにしろ俺は川平家《かわひらけ》の鼻つまみ者。半端者《はんぱもの》……。

かつて一匹も犬神《いぬかみ》が憑《つ》かなくて勘当《かんどう》されたロクデナシなんだから。

だが。

しんと静まり返った大広間に響き渡ったのは。

啓太《けいた》は本当に気がついていなかった。いつの間にか変わっていた自分に。変わり始めていた周囲の目に。彼はただの一度も己《おのれ》のことを高く評価したことなどなかった。ただ状況に押し流され、戦い、周囲の期待に応《こた》え続《つづ》けているうちに。

バカをやって、笑って、笑われて、
走って。

走って。

人の命を救い、人のために戦い続けているうちに。

段々と。

いつの間にか。

暖かい拍手の音。

それは割れんばかりに響き渡る。高らかに！

死神《しにがみ》を。

邪星《じゃせい》を。

三神《さんしん》を。

人を守るために戦い続けた啓太の姿は確実に人の心を穿《うが》っていた。気がつけば薫《かおる》の犬神たちを初め、ようこや赤道斉《せきどうさい》なども大広間の奥の方《ほう》に入っていて一心に拍手していた。ようこが目尻《じり》に溜《た》まった涙を拭《ぬぐ》ってから勢いよくこちらに手を振ってくる。

嬉《うれ》しそうに。

心の底から嬉しそうに！

啓太は呆然《ぼうぜん》としていた。

宗家《そうけ》がふっと微笑《ほほえ》んだ。

「ほれ、啓太。皆様にご挨拶《あいさつ》せぇ」

「え？」

と、啓太は困る。と、言われても本当に困るんですけど……。

いえ、そもそも宗家など受ける引き受ける気など毛頭《もうとう》ないし。

それに。

それに、いよいよあそこがのっぴきならないことに……。なんか感動的な場面が一転してアレな感じになる！

「ほら、啓太。しゃんと立たんか！」

という祖母の声に、

〝立ってるんですけど？　既《すで》にもう立ってるんですけどお!?〟

啓太《けいた》は内心、すごく抗議する。大変、焦《あせ》る。しかし、そんなことを真《ま》っ正直《しょうじき》にこの場で伝えるわけにもいかない。

川平榧《かわひらかやの》は苛立《いらだ》ったように、

「啓太！」

啓太は慌《あわ》てて周囲を見やる。皆、啓太を注視している。大変、熱い眼差《まなざ》しで。啓太は、

「いや、あの、その」

まだ四の五の言っている。川平榧は忍耐が切れたように、

「ほれ！」

自分が率先《そっせん》して立ち上がって啓太の腕をぐいっと引き寄せ、

「さっさと立たぬか！」

身体《からだ》を持ち上げたその瞬間《しゅんかん》。

めりめりめりめりめりいいいいいい！

世にも凄《すさ》まじい布地が裂《さ》ける音と共に。

「あ」

すとんと。

ズボンと。

ぼろきれと化したパンツと。

それと人間の尊厳《そんげん》その他なんやかやがすとんと畳《たたみ》の上に落下する。しんと静まり返る座敷《ざしき》の中、ありとあらゆる者が注視する。

何も遮《さえぎ》るモノがなくなって一切《いっさい》から自由になった啓太の構造物《象さん》を。

政財界の大物や霊能者《れいのうしゃ》の名門や可愛《かわい》らしい女の子たちが。

色々。じっと。

そして。

その後の地獄《じごく》のようなカオスと悲鳴と混乱と目を覆《おお》わんばかりのパニックはあまりにあんまりなので割愛《かつあい》するとして。

とにかく宗家《そうけ》の後継者問題《こうけいしゃもんだい》はいったん白紙に戻《もど》ったのであった……。

第三話

酔恋夜歌

啓太《けいた》は果てしなく落ち込んでいた。さすがの彼もかなりマックスでへこたれてる。なにしろあれだけ厳粛《げんしゅく》な場面で大事な部分を開陳《かいちん》したのは彼としても生まれて初めての経験なのだ。正直なところ川平家《かわひらけ》の宗《そう》家を継《つ》ぐことなどどうでもいいが、あれだけ客人がいるところで大事な部分をポロンチョしたらそりゃあ、死にたくもなる。

「はあ」

啓太はソファの隅《すみ》っこで膝《ひざ》を抱《かか》え、俯《うつむ》いていた。

ちなみにここは川平薫《かおる》の家である。

あの場面で恐らくもっとも平常心だった（それでも目を剝《む》いていたが）薫が誘《さそ》ってくれたからで、凹《へこ》んでいた啓太は特に反対する理由もなく、フラフラとようこに手を引っ張られるようにしてここへやってきていた。

それっきりソファの上の置物と化している。

そして。

そんな啓太の隣にはようこがいる。

「……」

彼女はなんにも言わない。

特に慰《なぐさ》めもしない。

「はあ」

と、溜息《ためいき》をつく啓太にまず後ろから頭を撫《な》でた。

次に、

「……」

きゅっと後ろから抱きしめる。笑っていた。なんにも言わないけど、〝だいじょ〜ぶ、だいじょ〜ぶ〟と心で伝えている。

「ふう」

と、溜息つく啓太に後ろからすりすり。頬《ほお》を擦《こす》りつける。

〝だいじょ〜ぶ、だいじょ〜ぶ。大したことない、大したことない〟

柔らかく優しく。

頬に後ろからちゅっとキス。

〝わたしはケイタがどんなかっこわるいことしたって好きだから。大好きだよ、ケイタ？〟

にこにこ。

笑ってる。

柔らかで、変わりない。そんなようこの無言の慰めが伝わって啓太は、

「ふ」

と、苦笑《くしょう》。彼女の頭をくしゃくしゃ撫でた。溜息はついている。でも、もうだいぶ、元に戻《もど》ってきた。

「たっくなあ、びっくりしたぜ、本当。ま、でもお陰《かげ》でなんか厄介《やっかい》そうなこと押しつけられずに済みそうだし、ま、良かったよ」

鼻の下を指で擦《こす》って、にっとして見せた。

「あと赤道斉《せきどうさい》はぶん殴《なぐ》る！」

そんな啓太《けいた》を見てようこは、

「……」

にこにこ。

ただ彼と共に居続け、笑顔を浮かべる。彼の手をきゅっと握る。それが彼女の喜びであり、しかももっとも効果的な啓太の慰《なぐ》め方《かた》だった……。

そしてそんな光景を眺《なが》めている一人の女の子がいた……。

たゆね。

川平薫《かわひらかおる》の犬神《いぬかみ》の中でかつてはもっとも武闘派《ぶとうは》で、もっとも生硬《せいこう》だった少女。当初、周囲から嫌《きら》われていたなでしこをもっとも急進的に排除《はいじょ》しようとしたのが彼女であり、啓太の犬神になったばかりの頃《ころ》のようこと何かにつけて対立していたのも彼女だ。

その当時は直情的な物言いで、常に白か黒かで物事を決着づけようとし、全《すべ》てに対して潔癖《けっぺき》だった。だから、川平啓太のちゃらんぽらんで女好きな態度がどうしても許せなく、彼をずっと毛嫌《け》いしていた。だが。

いつからだろうか？

彼女の中にある種の柔らかさが生まれ始めたのは……。

少年っぽい真っ直ぐな眼差《まなざ》しは未《いま》だに健在だが、それに加えて静かに潤《うる》むような感情を湛《たた》えるようになった。目の縁《ふち》が時折《ときおり》、ほんのり赤くなったり、目を伏せた瞬間《しゅんかん》にそのまつげの長さが際《きわ》だつようになった。

大胆《だいたん》で時に豪快《ごうかい》な所作《しょさ》が、今は少しだけ女の子らしくなった。

今でも身体《からだ》を動かすことは大好きで、誰よりも明快な態度を取るが、でも、羞《は》じらう仕草《しぐさ》と曖昧《あいまい》な笑みを覚え始めた。

お風呂に入る時、同性だけでも身体を隠《かく》す。

時折、物思いに耽《ふけ》る。

特定の人の話題が出ると知らず知らずと顔が赤くなる。

〝潔癖〟から〝許容《きよう》する〟ことを学び始めている。

誰《だれ》か一人を深く想《おも》い始めたが故《ゆえ》に。

まるで男の子のようだった少女に今までになかった一面が現れ始めているのだ……。

で、たゆねのもっとも近しい友人であるいぐさがそんなたゆねのことを気にしている。彼女はようこと啓太《けいた》の仲睦《なかむつ》まじい様子《ようす》を見て取って、急にふいっと部屋から出て行ってしまった友人をオロオロしながら追いかけている。

若干《じゃっかん》あたふたとしながら、

「あ、あのね、たゆね」

と、後ろから声をかけた。

するとたゆねが立ち止まり、

「なに？」

振り返らずにそう聞いてきた。声がほんの少しだが震《ふる》えていた。いぐさは言葉に迷う。

「……たゆね。えっとね」

いぐさとたゆねは何もかも正反対だった。野外で身体《からだ》を動かすことが好きなたゆねに対していぐさは屋内で思索《しさく》することが好きだった。活動的な裾《すそ》の短い服をよく着ているたゆねに対していぐさは装飾的《そうしょくてき》な裾の長い服を好んで身につけた。

考え方や生き方が全《まった》く違《ちが》っていたが、二人はそれでも親友だった。

いぐさは忘れてはいない。

最強の三神《さんしん》との戦いのさなか、足手まといになった自分を切り捨てもせず、〝必ず一緒《いっしょ》に連れていく！〟と抱きかかえてくれたたゆねの力強さを。劣等感《れっとうかん》に満ちていた自分の長所を誰《だれ》よりも力強く肯定《こうてい》してくれたたゆねの優しさと真っ直ぐさを。

だから、

「あ、あのね、たゆね。なんか私で良かったらなんだけど、良かったら」

力になりたい。

そんなことを訥々《とつとつ》といぐさは語った。最後に、

「たゆね……その、落ち込んでない?」

心配そうにそう尋《たず》ねる。するとたゆねはぐしぐしと拳《こぶし》で目元を擦《こす》ってから、

「……な、なんのこと?」

と、ぎこちない笑顔で振り返った。

「ボクは別に落ち込んだりしてないってば!」

しかし、そういう彼女の目元はまだほんのりと少しだけ赤い。いぐさは、

「だったらいいんだけど」

両手を胸元で合わせ、思案《しあん》げに目を伏《ふ》せた。

「ごめんなさい。違ってたら本当にごめんなさい……でも、あなた啓太様のことを」

そのとたん、

「は? け、啓太様! い、いったいなんのことさ!? だ、だいたいなんでボクが落ち込んだりしなきゃならないのさ!? 啓太様とようこが仲良くしていたくらいで! な、なんでボクが!

なんでこのボクが！」

たゆねは一気にまくし立てる。しかし、言葉とは裏腹《うらはら》に彼女の頬《ほお》はかあっと赤くなっていた。

そこへ、

「良くない！」

「それは良くないぞ、たゆね！」

と、どこから湧《わ》いて出てきたのかいまりとさよかがにゅっと横合いから顔を出してきた。彼女らは口々に叫ぶ。

「たゆね」

「不健全だぞ、それは！」

そしてさらにそれぞれがたゆねの両手を左右からがっしと摑《つか》むと、

「自分の気持ちにもっと素直になりなさい！　……という訳《わけ》であなたは今から連行します」

「いぐさも来たかったら来るといいよん」

彼女らはずるずるとたゆねを引きずり始めた。

「わ、ちょ、ちょっとなんだよ⁉」

と、抗議するたゆねに関係なくすたすた歩いていく双子《ふたご》。いぐさはきょとんとしながらもとりあえずいまりとさよかの後に続いた……。

いまりとさよかが連れていったのは彼女たちの部屋だった。そこには色とりどりの花や実を実らせた鉢《はち》植えが沢山《たくさん》並べられていた。それぞれの色彩《しきさい》や香りが入《い》り交《ま》じることなく、見事に調和して緑豊かな空間を演出している。

悪戯《いたずら》好きで享楽的《きょうらくてき》な性格に時々、周《まわ》りが迷惑《めいわく》するいまりとさよかだったが、少なくても植《しょく》物栽培《ぶつさいばい》に関する腕前《うでまえ》は本物だった。

双子は二つ並んだシングルベッドの左右それぞれに座るとぽんぽんと寝台を叩《たた》いていぐさとたゆねに座るように促《うなが》した。ベッドの間のサイドテーブルにはグラスが幾《いく》つかとバスケットに盛られたチョコレートやポップコーン、氷が入った透明なジャーに丸い果物のようなモノが琥《こ》珀色《はくいろ》の液体の中に浮かんだガラスの瓶《びん》が置かれている。

「いひひ」

と、いまりがそのガラス瓶を取り上げて含《ふく》み笑《わら》った。

「じゃん。果実酒♪」

いぐさが困《こん》惑したように、

「え？」

さよかが言う。

「うひひひ、たまにはお酒でも飲んでぐたぐた語り合うのもいいんじゃね？」

たゆねが溜息《ためいき》をついた。

「なんだ……なにかと思えば」

「ま、そう言いなさんなって。実は私らさ、果実酒作るのこれが初めてなんだよね。今年収《しゅう》穫《かく》した実で初めて作ってみたの。で、一緒《いっしょ》に味見して貰《もら》えたらと思って」

と、いまり。

さよかが頷《うなず》いて、

「そ。評判良かったら他にも色々つけ込んでみようと思ってさ。とりあえずちょっくら付き合ってよ？　で、感想聞かせて」

にこにこ笑ってる双子《ふたご》にいぐさとたゆねは顔を見合わせる。

「どうする？」

というぐさの問いにたゆねは苦笑《くしょう》気味《ぎみ》に、

「まあ……ちょっとくらいならいいんじゃない？」

いぐさも同意した。

「そうね」

と、彼女はたゆねに倣《なら》っていまりと同じベッドに腰を落とした。たゆねもさよかと同じベッドに座る。二人とも気がついていない。

いまりとさよかがにいっと一瞬《しゅん》だけだが。

顔を見合わせ、含《ふく》み笑《わら》ったことに……。

「じゃ、かんぱ〜い！」

四人はグラスを軽く打ち合わせる。いまりとさよか、それにいぐさとたゆねがそれぞれグラスの半分くらいまで注がれた琥珀色《こはくいろ》の液体をちょびっと口に含んだ。

「あれ」

いぐさが右頰《みぎほお》に指を当て軽く目を開く。

「おいしい」

「うん」

たゆねが目線を上に上げ、ぺろっと舌で唇を舐《な》めた。

「結構、悪くない」

「ほんと？」

「よかったらぐいぐいいってよ。お代わり幾《いく》らでもあるからさ」

いまりがおつまみ代わりのポップコーンが入ったバスケットを差し出し、さよかが氷の入ったジャーからトングで氷を取り出す。

二人とも軽妙《けいみよう》に動いていく。

最初はいぐさもたゆねもそれほど気乗りしない印象だったが、口当たりがよいお酒といまりとさよかの勧《すす》め上手《じようず》に次第《しだい》にピッチを上げ始めた。

「あはは、なんか頬《ほお》が火照《ほて》ってきた♪」

「待ってて、今、ソーダ取ってくるから。ソーダ割りも試してみよ？」

「え？ で、でも、もうこれくらいで……」

「いいからいいから。ほら、いぐさっちももっとぐいっといこ？ ぐいっと？」

「え、え～？」

「ほっらほっら」

そんな感じで全員に程《ほど》よくアルコールが浸透《しんとう》していく。たゆねがちょっと頬を上気させながらふ～んふ～んと鼻歌を歌い出す。軽く頭を左右に振っていた。一方、いぐさはグラスを両手で包むように持って少し俯《うつむ》き気味《ぎみ》になった。

先ほどからふうっと気怠《けだる》げな溜息《ためいき》を連発している。どうやらだいぶ酔《よ》いが回ってきたようだ。

いまりとさよかがにっと笑った。

お膳《ぜん》立《だ》ては整った。

二人はそして。

実験に取りかかった……。

まずいまりがさっと枕の下に手を伸ばしてＩＣレコーダーを取り出すと、さりげなくサイドテーブルの上に置いて、録音ボタンを押した。これでこの部屋で聞こえる会話は全て録音できるようになった。

さよかがちらっとそれに目を走らせてから、ごく何気《なにげ》ない口調《くちょう》で、

「なあ、たゆね」

と、問いかけた。何度か咳払《せきばら》いしてから声が上擦《うわず》らないように注意して、

「ちょっと聞きたいんだけどさ」

たゆねが無言で顔をこちらに向けてきたのを見て取って、

「おまえ」

質問する。

「啓太《けいた》様のことをどう思ってるの？」

その問いに部屋が一瞬《いっしゅん》だけ静まり返った。

極《きわ》めてきわどい質問。

たゆねは。

そして。

数拍《すうはく》の間《ま》の後、答えた。

いまりとさよかがどよめく。

はっきりと。

「好きだよ」

と、そうたゆねは答えていた。

いまりとさよかが身震《みぶる》いしている。絶対的に意地《いじ》っ張《ば》りで、誰《だれ》に対しても頑《かたく》なにそういった〝恋愛感情〟を語ることなどなかった。

いまり、さよかはもちろん時にはごきょうや、せんだんですらからかうことがあったがそれでも顔を赤くして〝ぼ、ボクは啓太《けいた》様のことなんてなんとも思ってないったら！〟と突っぱねてきたのだ。正直なところその分かりやすさはともはねでも、〝たゆねって本当に啓太様のことが大好きなんだね～〟と感心するくらい周囲にはバレバレだったが。

それでも。

口頭で、自分の意志でそれを認めたことはただの一度もなかったのだ。

〝これ、すげ!?〟

〝すごくない、これ?!〟

と、いまり、さよかは口パクで言い合ってグラスの中に入った果実酒を指さし合った。そしてそんな双子《ふたご》の様子《ようす》に頓着《とんちゃく》する気配もなく、

「あのさ」

と、たゆねはへへっと笑う。

「だって、川平家《かわひらけ》の主筋《しゆすじ》じゃない？　それに面白《おもしろ》いし、ちょっとおばかだし」

照れくさそうに、

「まあ、時々は頼りにもならないこともないからさ、いぐさもいまりもさよかもなんのかんの言って啓太様のこと結構好きでしょ？　ううん、ボクらの仲間たちは今はもう全員、そういった意味では啓太様のこと好きなんじゃないかな？」

いまりとさよかが〝なんだ〟という顔をする。

なんだ、そんな程度の言ってしまえば〝お友達ＬＩＫＥ〟の好きか、と一転、持っていた果実酒を〝この失敗作め！〟と罵《のの》り合《あ》った。

「でもね」

たゆねが少し声の調子《ちようし》を落として付け加えた。

「ボクは、えっと、それに付け加えると」

てへへと笑いながら、

「啓太様のことを考えるといつもドキドキする。胸が痛くなる。なぜだろうね、これは？　きっとボクだけなのかな、これは？　そうなんだろうね？　あはは、変だね。そうだといいなとボクは思ってるんだ、今。そうだと……本当にそうだといい。ボクだけだと。ボクだけが〝そういう意味〟で啓太様のことを好きだといいなって思ってるんだ。勝手だけどね」

「！」

「！」

いまりとさよかが何か声を発しようとする。それをいぐさがしっとちょっと怖い声で黙《だま》らせた。彼女は切《せつ》なそうに目を細め、

「たゆね……」

たゆねは独白《どくはく》するように、

「最初はね、なんていい加減《かげん》な人だと思った。大嫌《だいきら》いだった。だってそうだろう？　というかあの当時はみんなそうだったんじゃないかな？　なでしこ以外。あいつはやっぱり特別だと思うよ。最初から分かってたんだ、啓太《けいた》様の奥にある、深い深いところにある何かを。で、次にともはね」

くっとお酒をさらに呷《あお》って、

「ボクは情けないことにかなり長いこと気がつかなかった……でも、ね」

嬉《うれ》しそうに。

「気がつけたんだ、それに。そうしたら」

かあっと赤くなって。

俯《うつむ》き。

「あの、スケベなところもごにょごにょ」

そう言って黙り込む。期せずしてその場にいたいぐさ、いまり、さよかが同時に、

「「え？」」

と、声に出して突っ込む。たゆねは、

「あ、うん」

それに対して少し戸惑《とまど》いながらもどこか満足そうに、

「あの、スケベなところもイヤじゃ……ううん、なくなったかな？　その、ボクに対してはえっと、ゆっくりしてさえくれれば、えっと」

なんか話が徐々《じょじょ》にピンク色の靄《もや》がかっている。

いぐさといまりとさよかが顔を見合わせた。

ナニイッテルンダ、コイツ？

という顔である。

たゆねはどんどんと照れくさそうに、満更《まんざら》でもなさそうに、

「あの、この間、お風呂に入ってる時、啓太《けいた》様が飛び込んできて、ボクの……を思いっきり強く……で、ボク、怒ったけどでも、あれはちょっとびっくりしたからで……えっと。ゆっくり順序さえ守ってくれたら……も別にイヤでは。むしろ啓太様が喜ぶなら」

「ちょ、ちょっと、待って」

と、そこでいぐさが慌《あわ》ててストップを入れた。

彼女はすうっと一度、息を吸い込むとたゆねを手を握り、

「たゆね。無理しないでね？」

たゆねの目を覗《のぞ》き込《こ》んだ。

彼女としては精神的な、なんというか〝密《ひそ》やかな友人の恋〟という美学に則《のっと》って欲しい訳《わけ》である。

いぐさの好みの範疇《はんちゅう》として。

「ほら、さっき……えっと、啓太様とようこが仲良くしていたでしょ？　あれを見て、たゆねは辛《つら》くなかった？」

なんとか元の路線に戻《もど》そうとする。

するとその甲斐《かい》あってか、

「うん」

それまで妙《みょう》に楽しそうに喋《しゃべ》っていたたゆねがすっと物憂《ものう》げな表情になった。彼女はかぷっともう一口お酒を飲む。

それに合わせていぐさもいまりもさよかも飲む。

なんか喉《のど》がカラカラだった。

きわどいトークで。

三人はさらにかぱかぱとお代わりを注いだ。その間、

「うん」

たゆねは目尻《めじり》に涙を浮かべた。

「分かってはいるんだ。ようこにはその権利があるって。あいつ、どんなに辛《つら》かったか、ボクが一番、よく知っている。どれだけボクら犬神《いぬかみ》からバカにされても、あいつは啓太《けいた》様と出会った頃《ころ》から啓太様を絶対に諦《あきら》めなかった。さっきなでしこが、ともはねがって言ったけど、全《まった》く誰《だれ》からも顧《かえり》みられなかった頃からの啓太様をたった一人見初め続けたのはあいつだ。他の全《すべ》てを敵に回してもね。あいつだけは啓太様を最初っから信じ続けた」

少女たちは言葉を呑《の》んでいる。

一番、ようこを毛嫌《けぎら》いしていたたゆねだけにその発言は重かった。

たゆねは指先で涙を拭《ぬぐ》いながら続ける。

「だから、ようこにはその権利があるよ。あいつは貫《つらぬ》き通《とお》した。川平家《かわひらけ》の落ちこぼれとか面汚《つらよご》しとか言われた啓太様を支えたのも、信じ続けたのも。ひょっとしたら啓太様があれだけ人から信頼されるようになったのも」

言葉を切って切《せつ》なそうに笑う。

「きっとようこがいたからこそなんだろうね」

そしてだからこそ。

と、たゆねは言葉を添《そ》えた。

「そんなようこが啓太様のおそばでべったりしているのを見ているのは辛い。とても辛い」

この一言にはいぐさだけでなくいまりもさよかもほろりときた。

「たゆね」

「えっとさ、私らさ」

「たゆね、あのな」

だが、そんな三人の同情するような声をよそにたゆねは、

「だからね」

と、またふふっと笑って。

「ボクは二番目でいいかな？」

「は？」

「え？」

「おい！」

三人の突っ込みをよそにたゆねはもじもじとする。ほやんとピンク色の表情で、

「啓太様、きっとボクのことは結構、好きだと思うんだ。うぬぼれじゃなくって、一緒《いっしょ》にいると雰囲気《ふんいき》でだいたい分かる。だから、だったら」

「こら、こら」

「待て待て」

「た、たゆね？」

「ほら？　薫《かおる》様は違《ちが》うけど……というかそんなことしたらなでしこに殺されるけど。跡形《あとかた》も残らず殺されるけど。啓太《けいた》様ってそういう感じでもないし、ようこも多分そんなに怒らないんじゃないかな？　ボクが分《ぶん》を弁《わきま》えて、おおっぴらにさえしなければ」

「お～い！」

「たゆねってば！」

「お、おまえなあ……」

「男の人ってそんなモノなんだろう？　だったら……ボクは週に一回くらい、うん。そうだね、週に一回くらいはボクを……ボクだけを可愛《かわい》がってさえくれれば」

いぐさがぶるぶると震《ふる》えている。

いまりとさよかが声を大にして、

「お、おまえ！」

「なんか変だな、変だなと思ったらおまえ、愛人体質か！　そうだったのか！」

がっといまりとさよかがたゆねの肩を左右から摑《つか》む。たゆねは、

〝なんだよ？〟

というように鼻白《はなじろ》んだ。

そしていぐさが爆発《ばくはつ》する。

「不潔《ふけつ》よ！　たゆね、不潔だわ！」

彼女はたゆねに指を突きつける。たゆねはうっと言葉に詰《つ》まった。

「そ、そうかな？ やっぱりダメかな？」

それ対していぐさは鋭く強く言って聞かせるように、

「そうよ！ 絶対にダメよ！ 啓太様には！ 啓太様には！」

たゆねが気まずそうに視線をずらし、いまりとさよかが〝おお、珍しくいぐさが本気だな～〟

とか内心思っていると、

「啓太様には」

いぐさは全《まった》く明後日《あさって》の方《ほう》に暴走《ぼうそう》する。

「啓太様には薫様がず～と似合《にあ》うんだから！」

一同、ずるっとずっこけた。いぐさはそれに気がつかず熱弁を振るう。

「いい？ 啓太様と仮名《かりな》様も悪くないと思うの！ でも、やっぱり啓太様と薫様。それで薫様が攻《せ》め！ 啓太様が受け！ それだけは譲《ゆず》れないわ！ それで絶対に同居モノで、一緒《いっしょ》の学校に通ったりするの。その上、薫様が〝夜の僕はちょっと鬼畜《きちく》だよ？〟って啓太様の耳元で囁《ささや》いたりなんかしてきゃ～！」

「お、お～い、いぐさ（汗）」

「こいつ」

「結局これがこいつの本音《ほんね》か……」

盛大に溜息《ためいき》をつくいまりとさよか。ただ一人妄想《もうそう》の世界にのめり込んでいくいぐさ。たゆねは急に不審《ふしん》そうになった。

「おい」

いまりとさよかをじろっと睨《にら》む。

「さっきからなんか変だな、変だな、と思ってたけど」

ずいっと顔を近づける。

「なんかボクらに隠《かく》していないか？」

「……」

「……」

いまりとさよかが顔を見合わせた。彼女らは、

「な、なんのことかな～」

「私らにはさっぱり意味が」

とか、言い逃れようとしていたがたゆねが、

「おい！」

と、凄《すご》みを利《き》かせてもう一度繰り返すと急に、

「うう、実は……実はさ！」

唐突《とうとつ》にいまりが喋《しゃべ》り出《だ》した。

「この果実酒の中に漬け込んでいるのは特別な木の実でさ、私たちがほら、世界中を回っている時に種《たね》仕入れた木の実でそれで」

さよかもそれに続く。

「それでこれ、アルコールとかに混《ま》ぜるとどういう訳《わけ》か、心の奥底で思っている本音《ほんね》を喋《しゃべ》ってしまうそんな自白剤《じはくざい》みたいな効果があるらしいんだ！　らしいんだ！」

どうやらいまりとさよかにもしっかりと効《き》いているようだった。

その自白剤。

たゆねは呆《あき》れる。

「ったく」

ひっくと一度しゃっくりしてたゆねが首を振った。

「お前たちホント懲《こ》りないな〜。どうせまた悪ふざけに使うつもりでいたんだろう？」

するといまりが驚いたことにちょっと涙ぐみながら、

「だってだって！」

さよかが、

「なんかさ、最近、リーダー、様子《ようす》がおかしいしさ。ごきようやもなんか悩みがあるみたいだしさ」

「でも、私らにはなんも言ってくれないし」

二人で本音《ほんね》を語っていく。

「だから、こうやって薬入りのお酒でも飲ませれば悩みを語ってくれると」

「そう思ったんだよ～」

たゆねはちょっとびっくりしている。

「……」

そんなたゆねをよそにいまりとさよかは、

「確かにたゆねといぐさは実験だったんだよ～。本当はせんだんとごきょうやに使うつもりで……ごめんよ～。だから、そんなに怒らないでくれよ～」

「私ら仲間が一番大事なんだよ～」

二人でぐしぐし泣きながらサイドテーブルに置かれたＩＣレコーダーを弄《いじ》り、

「ごめんよ～」

「こうやって証拠《しょうこ》も消すから！　たゆねの気持ちも誰《だれ》にも喋《しゃべ》らないから許してくれよ～」

そう言ってたゆねにしがみついておいおい泣き出した。たゆね、びっくりしている。横ではいぐさは壁《かべ》に向かって、

「だからですね、そこら辺の美学として仮名様《かりな》とはけ様というのは」

と、ぶつぶつ煮えていた。たゆねはふうっと溜息《ためいき》をついた。それから苦笑《くしょう》。まだぐしぐし泣いているいまりとさよかをその胸で包んで、よしよしと彼女らの頭を撫《な》で、

「ま、良い仲間だよね、ボクの仲間はさ」

軽く天井《てんじょう》を見上げた。

ぽつぽつと窓には水滴が落ち始めている。どうやら外では雨が降り出したようだ。たゆねはふうっと吐息《といき》をつき、

「……もう少し飲もうかな」

コップに手を差し伸ばした。


それから小一時間ほどして。

啓太《けいた》は自分の部屋に戻《もど》ってきている。ようこは一緒《いっしょ》ではない。外では驟雨《しゅうう》。ぴかっと時折《ときおり》、稲光《いなびかり》。遅れて轟音《ごうおん》。

「ふわ……」

軽く微睡《まどろ》んでいた啓太はゆっくりと伸びをする。時計を確認し、

「なんだ、こんな時間か……ん？　ようこ？」

誰《だれ》かがかちゃりと扉《とびら》を開けて部屋の中に入ってきた。啓太は当然、ようこだと思った。こんな時間。それも無防備《むぼうび》にベッドの上によじ昇ってくるから。

でも、次の瞬間《しゅんかん》。

「い!?」

稲光《いなびかり》と共に目を思いっきり見開く。

そこにいたのは。

ショートパンツにお腹《なか》が出るくらいの際《きわ》どいチューブトップという格好《かっこう》をしていたのは。

「ふふ」

とろんと瞳《ひとみ》を潤《うる》ませたたゆねだった。彼女は、

「啓太《けいた》様」

きゅっと啓太にのし掛《か》かってくると、

「ん〜」

すりすり。

思いっきり自分の本心通りに行動する。

「大好き♪」

「はぐ!?」

啓太は思いっきりパニックになっている。どうなってるんだ、これ?

なんなんだ、これ?

彼はたゆねのすべすべした肩に手を置き、

「ちょ、ちょっと、あの、た、たゆね?」

と、強《こわ》ばった声で言うと、

「ちゅ♪」

たゆねが首を伸ばして嬉《うれ》しそうに啓太の頬《ほお》にキスをしたそこで。

「啓太様」

すごく低い押し殺した声が聞こえてくる。

「ひぃ!?」

啓太は思わずその場で飛《と》び跳《は》ねた。ようこだと思った。今度こそようこだと思って、自分は殺される、と覚悟《かくご》したが。

ぴかっと稲光。

そこに立っていたのはごきようやだった。

彼女は虚《うつ》ろな笑みで微笑《ほほえ》みながら何か言った。

「〝……〟」

だが、どが～んという大きな落雷《らくらい》の音で彼女の声が掻《か》き消《け》されてなんと言ったか分からなかった。啓太は思いっきり困惑《こんわく》していた。

それだけごきようやの様子《ようす》が普段とは違《ちが》っていたから……。

力なくとてもうなだれていたから。

時間はそれよりも少し前にさかのぼる……。

ごきょうや。

個性豊かな川平薫《かわひらかおる》の十人の犬神《いぬかみ》の中で、彼女をして際《きわ》だたせているのはその極《きわ》めて常識家たる部分なのかも知れない。リーダーのせんだんにしても、穏健派《おんけんは》のいぐさにしても時折《ときおり》、規範《きはん》から逸脱《いつだつ》したような行為を取るのに対して、ごきょうやは全《すべ》てのことに対して一歩引いたような冷静沈着《れいせいちんちゃく》なスタンスで接していた。

〝鉄壁《てっぺき》〟

と、主人である川平薫は彼女のことを評した。

あるいは〝模《も》範的犬神〟と。

ごきょうやは全てにおいて高水準な力を持っていたが、特に戦闘時《せんとうじ》における防御《ぼうぎょ》に関して高い技量を誇っていた。

以前、ともはねがオトナ化した折、攻撃《こうげき》はたゆね、ようこ、せんだんのスタイルを模倣《もほう》したが、防御に関してはごきょうやにもっとも近い動きを取った。平静な観察眼で、相手の攻撃を着実に避けていく堅実《けんじつ》かつ流麗《りゅうれい》なテクニックは薫の犬神たちの間でも随一《ずいいち》といえるかもしれない。およそ弱点めいたものがない犬神なのである。

薫の犬神たちの中でもそのポジションは独特でリーダーのせんだん、参謀役《さんぼうやく》のいぐさとはまた少し違う指導的役割を担《にな》っていた。

群《むれ》の長であるせんだんには充分な敬意を払っていたが、それでも時折《ときおり》、彼女の思惑《おもわく》を越えて独断で行動をすることがあったし、せんだんもまたごきょうやの高い判断力を信頼して彼女の独立した行動を容認してきた。

あるいはそれはなでしこを除《のぞ》けば仲間たちの中でも最年長、という彼女の立場にも関係あることなのかもしれない。

また他の犬神たちとやや毛色の違《ちが》うフラノ、てんそうのよき友人であり、まとめ役でもあった。たが、その日。

ごきょうやと一緒《いっしょ》にいたのはフラノでもてんそうでもなく仲間の中で最年少のともはねだった……。

「ねえ、ごきょうや」

と、廊下を歩いているごきょうやにともはねが声をかけてきた。

「なんかさ、この間から」

少し気がかりそうに、

「元気がないみたいなんだけどどうかしたの？」

その言葉にごきょうやは振り返った。彼女は形容《けいよう》しがたい表情をした。困惑《こんわく》したような、苦《く》笑《しょう》するような。

それからふっと微笑《ほほえ》む。

「私が……そう見えるか？」

ともはねがこくこくと頷《うなず》く。

「うん。なにか悩みがあるならさ、あたし力になるよ？」

そう言って元気よく片手を上げてくる。

ごきょうやはまじまじとともはねを見つめた。ともはねはにっと笑ってこちらを見上げていた。その目線が少し高くなっているような気がする。

「あたしじゃ力にならないかも知れないけどさ。でも、それなら」

と、ともはねは指を折りながら人数を数え上げた。

「せんだんやいぐさや薫《かおる》様やそれに啓太《けいた》様、はけ様だっているし。うん！あのね、内緒《ないしょ》だけどいまりとさよかだって気にしてたんだよ？ごきょうやのこと。なんだか最近、元気がないみたいだね～って。そう二人とも言っていた」

ごきょうやは、

「……」

軽く目を見開いていた。

驚いていた。

ともはねの心身伴《ともな》った成長ぶりに。その健《すこ》やかな心根《こころね》の真っ直ぐさに。

「ふ、ふふ」

それに対して自分は。

「ふ、ふ」

ごきょうやは肩を震《ふる》わせた。

「ご、ごきょうや？」

と、ともはねが困ったように笑う。そこへ、

「あ、ともはね、ここにいたの？　あのね、そろそろお風呂に入らないといけない時間が」

割烹着《かっぽうぎ》を着た薫の犬神《いぬかみ》、なでしこが現れた。

彼女はごきょうやに気がつき、

「あら、ごきょうや」

微笑《ほほえ》む。ともはねはなでしことごきょうやを交互《こうご》に見比べ、

「なでしこ……」

言葉に詰《つ》まる。

奇《く》しくもこの三人には因縁《いんねん》があった。かつて川平《かわひら》薫の秘《ひ》した正体を巡《めぐ》ってそれをごきょうやが内密《ないみつ》に啓太へ報告しようとした時、あくまで薫を盲信《もうしん》し続けたなでしこが致命的《ちめいてき》に近いまでに彼女と対立し、そこにともはねが割って入った経緯《けいい》があるのだ。

以来、本当につい最近までなでしことごきょうやはどこかぎくしゃくとした関係性を演じて

きた。白骨遊技《はっこつゆうぎ》の時は明らかに二人とも強烈《きょうれつ》に互いを意識し合っていた。仲間とは言っても一番、疎遠《そえん》だったのがこの二人だったのかもしれない。

だが、今は。

もうそんなことないはずなんだけど……。

ともはねが不安そうに二人を見やる。

なでしこはにっこりと微笑《ほほえ》んでごきょうやを見つめている。

「ふ」

ごきょうやはそれに応《こた》え、目を細めた。

「なでしこ。それにともはね」

と、彼女は二人に呼びかけた。

「どうだ？　少しお喋《しゃべ》りしていかないか？　私の部屋で」

ともはねは驚いたように目を見開いた。ごきょうやからそんなことを誘《さそ》われたのは初めてな気がする。びっくりしていた。

だが、なでしこは、

「喜んで」

本当に嬉《うれ》しそうにただそれを素直に受けとめていた。ごきょうやが微《かす》かに笑った。

それから三人は場所をごきょうやの部屋に移して取留《とりと》めもない会話をした。仲間のこと、薫《かおる》のこと、啓太《けいた》のこと。先日の啓太の失態《しったい》には全員、なんとも言えない微妙《びみょう》な笑顔になる。本当になんとコメントして良いか分からない出来事《できごと》だった。

本当に。

その後、誰《だれ》が次の川平家《かわひらけ》の宗家《そう》になるかの話になって、ともはねが啓太、ごきょうやが薫をそれぞれ宗家に押し、なでしこが保留《ほりゅう》する話の流れになる。そして次第《しだい》に時計の針が回っていって、ともはねが、

「……う、ん」

むにゃっと目を擦《こす》り、ごきょうやのベッドですやあっと寝息を立て始めた頃《ころ》、それを見計《みはか》らったようにごきょうやがなでしこを誘った。

「少し」

彼女は薬棚の奥に隠《かく》していたボトルを取り出す。

「飲まないか？……薬草酒だ。滋養《じよう》にいい」

軽く亜麻色《あまいろ》の液体が入ったボトルを振ってみせる。なでしこは微笑《ほほえ》んだ。

「うん」

頷《うなず》く。そして女同士、一対一での酒宴《しゅえん》が始まった。

外では雨足《あまあし》が強くなっていった。窓ガラスについた水滴が流れ落ちる様が見える。ごきょうやもなでしこもしばらく無言だった。

「……」

「……」

口火《くちび》を切ったのはなでしこだった。

「不思議《ふしぎ》ね」

厚手のカットグラスを両手で包むように持ちながら、

「あなたとこういう風にお話しする時が来るなんて」

「……」

「あなたと私は」

中を満たす琥珀色《こはくいろ》の液体に目を落とし、なでしこは微笑んだ。

「ある意味で似《に》ているのかもね」

「……」

「そして似すぎていて、だから行《ゆ》き違《ちが》っていたのかも。似すぎていたから……だから、お互いによく思えなかったのかもね」

「……」

ごきょうやはくっとアルコールを呷《あお》った。彼女はじっと窓の外を見ていた。そして擦《かす》れたよ

うな声で呟《つぶや》く。

「そうかな？」

遠い目をしていた。

「そうかも、しれないな」

だが、口元には笑み。目にはどこか柔らかい光。なでしこは悪戯《いたずら》っぽく、

「強いのね？」

「ん？」

「お酒」

「ああ」

と、ごきょうやはもう一口啜《すす》り、

「あんまり普段は飲まないけどな……なあ、なでしこ」

と、なでしこに向き直る。

「澱《おり》を」

「え？」

「澱を感じることがないか？」

「澱？」

「そう、年月が。生きている年月が重なりすぎて、そうやって積み重なった年月の澱がいつし

か身体《からだ》を縛《しば》って、心を頑《かたく》なにしていく。そう感じたことはないか？」

「……」

今度はなでしこが押《お》し黙《だま》った。黙ってお酒をちょびっと口に含《ふく》む。ごきょうやは苦笑《くしょう》した。

「いや、失礼か。お前は私とは比べるべくもないほどの」

「……」

「あ、いや、別にお前を年寄扱《としよりあつか》いするつもりはないんだ、そう睨《にら》むな。ただ、な。私には不思《ふし》議《ぎ》で仕方ないんだ。なんで」

首を傾《かし》げ、それから口調《くちょう》を改める。

「教えてください、なでしこ。なぜ、あなたはそうも軽やかに心を保てる？」

なでしこはじっとごきょうやを見つめた。

「……」

「あなたやようこは相当に歳月を重ねているだろうに。私よりも遥《はる》かに自由に己《おのれ》の心に素直に生きている。なぜ、か。分からない。私には、分からない。なぜだろう？　なぜかな？」

途切《とぎれ》れ途切れにそう呟くごきょうや。

ふうっと深く溜息《ためいき》をついた。なでしこはしばらくじっと口をつぐんでいたが、やがて一言だけ質問を口にした。

「なにが、あったの？」

その簡潔《かんけつ》な問いにごきょうやはどこか力なく、

「啓太《けいた》様に弟が出来た」

その言葉にぶふっとなでしこが吹く。彼女はごほごほと咽《むせ》た。そうやって一気に緩《ゆる》んだ緊張感にごきょうやが苦《にが》く笑いながら、

「全《まった》く。宗太《そうた》郎《ろう》様もお若いよ！」

「ごほ！　げほ！　いつ？　どうやって？」

なでしこの苦しそうな断片的《だんぺんてき》な質問にごきょうやは肩をすくめ、

「ああ、宗太郎様とは定期的に手紙のやり取りをしているんだ、それで。それで教えて貰《もら》った。もちろん、まだ私しか知らない。いや、川平家《かわひらけ》でも多分私しか知らないはずだ。啓太様や宗《そう》家様にはいずれ宗太郎様から直接、伝えるそうなんで内密《ないみつ》にな？」

「う、うん」

なでしこは頭の中で〝い、一体、幾《いく》つ離れてるんだっけ？〟と頭の中で計算する。確か啓太の母は相当、若くして啓太を産んだから別にあり得ないことではないが。

それにしても……。

それからなでしこは少し不安になって、

「も、もちろん、えっと、お母様はその……啓太様とご一緒《いっしょ》よね？」

その問いにごきょうやがやや呆《あき》れたように溜息《ためいき》をついた。

「当たり前だろう？　宗太郎様は一途《いちず》なんだ！　啓太様と違《ちが》ってな」

すごく哀《かな》しそうな瞳《ひとみ》になった。

「一途すぎるくらい一途なんだよ……宗太郎様は。一途なんだ。だから」

肩を落とした。

「だから、私はおそばに置いて貰えなくなった」

「……」

なでしこはかける言葉もなく同じくらい哀しそうな瞳になってごきょうやを見つめる。ごきょうやは述懐《じゅっかい》した。

「最初、な。啓太様が生まれた時はただ辛《つら》かった。今はなんだか……分からない。心が上手《うま》く働かなくなっているんだ。ようこが、そしてなでしこが……お前が羨《うらや》ましいよ。分からない。本当に分からないんだ、私には」

「……ごきょうや」

「なあ、なでしこ。人を……ニンゲンを好きになるのは辛いな？」

「……」

「寿命《じゅみょう》が違いすぎる。環境が違いすぎる。違いすぎるんだ、きっと何もかも。どんなに好きになっても、きっといつか別れは……きてしまう。哀しいくらいに」

「……でも、それは。きっといつか人と人の間でも」

「でも、少なくても同じ時の中では生きられる！　フラノは、結局、それで心を凍《こお》らせた。たゆねは、きっとまだ知らない。人と相思《あいおも》い合うことを。その辛《つら》さを。やがて別れ行く悲しさを。だから……だから、私はあの時、思い切れなかったのかも。我《が》を押し通せなかったのかも。きっと……きっと何かも宗太郎《そうたろう》様と私では違《ちが》いすぎるから！　だから！」

ごきょうやはそこで目を光らせ、

「なあ、なでしこ。お前は……」

擦《かす》れ声で、

「お前は辛くないのか？」

なでしこはかなり長い間、黙《だま》っていた。それから一言。

「辛いよ」

そして首を振る。

「ううん、辛かった」

その不思議《ふしぎ》な答《こた》え方《かた》にごきょうやが物問《ものと》いたげな視線になる。なでしこは微笑《ほほえ》んだ。

「あなたが一つ内緒話《ないしょばなし》を教えてくれたから、わたしも一つ内緒話を教えるね？」

彼女は唇に指を立てる。

「だから、どうか誰《だれ》にも言わないで。ごきょうや。ようこさんと私はね」

そこで衝撃的《しょうげきてき》なことをさらりと言う。

「寿命《じゅみょう》を削《けず》ってるの」

「！」

絶句《ぜっく》しているごきょうや。なでしこは微笑みながら、

「わたしとようこさんが時々、二人だけで天地《てんち》開闢《かいびゃく》医局《いきょく》に行っているのは知ってるでしょ？

そこで……正確にはその中の転生局《てんせいきょく》というところで人間に近い寿命に揃《そろ》えて貰《もら》っているの。二人とも、二人が想《おも》う人とずっと一《いっ》緒に歩いていきたいから。終わる時も共に揃って終わりが良いから。だから、人間に近い寿命に命を削って貰う代わりに人間に限りなく近い身体《からだ》を……次の命を作り出せるよう」

「ま、まさか……」

「元々はね」

と、なでしこは淡々と話す。

目は笑っている。

「たった一人の女の子を生まれ変わらすために出来《でき》たんだって、その転生局というのは」

ごきょうやは呆然《ぼうぜん》としている。

なでしこは語る。

「理解、出来ないでしょうね？　きっとそういうの。あなたには」

それでも仕方ない、というようになでしこは黙って睫《まつげ》を伏《ふ》せた。くぴっとまたお酒を口に含《ふく》

む。ごきょうやは、

「は」

ようやく呼気《こき》を発した。それから長々と、

「は〜」

溜息《ためいき》とも深呼吸とも取れる息を吐《は》き出《だ》す。肩を震《ふる》わせ、

「なんだ」

くくっと笑う。

「なんだ、そうか。私に足りなかったのは〝覚悟《かくご》〟だったんだな、お前たちみたいな。それだけなんだ。そうか、そういうことか……」

「ううん」

なでしこはちろっと上目遣《うわめづか》いにごきょうやを見た。

「違《ちが》うと思うの、ごきょうや。きっとわたしとようこさんにあるのは相手の全《すべ》てが欲しい〝我儘《わがまま》さ〟あるいは〝執着《しゅうちゃく》〟」

「それでもさ、その全てを手に入れるために運命をねじ変えるその〝覚悟〟をきっと人は〝想《おも》い〟と呼ぶんだよ」

ごきょうやは妙《みょう》にさっぱりとした表情になった。

何か憑《つ》き物《もの》が落ちたような。

そして古い熾《おき》の奥に小さく輝く未来への炎。それが瞳《ひとみ》に現れる。彼女は雨風で激しく動く窓の外を眺《なが》めながら思っていた。

〝さよなら〟

と。

〝さよなら、宗太郎《そうたろう》様。どうかお幸せに。末永《すえなが》くあなたがお幸せでありますよう〟

なでしこはただずっと微笑《ほほえ》んでグラスの中に視線を落としていた……。

それからしばらくしてごきょうやは川平啓太《かわひらけいた》の部屋にやってきている。雷鳴《らいめい》が響き渡り、窓ガラスがびりびりと震えている。

その中でごきょうやはまだびっくりした表情の啓太にそっと寄りかかっていく。肩におでこをこつんと預《あず》けながら、

「私……さよならを」

先ほど啓太に告《つ》げた台詞《せりふ》を繰り返した。彼の服を摑《つか》み、小さな背中を小刻《こきざ》みに震わせ、

「啓太様……私、ほんとのさよならを」

擦《かす》れる声でそう呟《つぶや》く。最初は驚いた顔をしていた啓太が、

「ごきょうや？」

案ずるようにそっと彼女の身体《からだ》を抱きしめた。

「お前、泣いて……るのか？」

そこへ再び稲光《いなびかり》。

「け、ケイタ～!?」

という裏返ったようこの声と、

「啓太《けいた》様？」

と、呆《あき》れたようなせんだんの声が聞こえるてくる。

啓太は今度こそひいっと悲鳴を上げた。部屋にいつの間にか現れたようことせんだんがもの凄《すご》くおかしなことになっていたから。

正確には顔中にマジックでぐりぐりと落書きされていたから……。

特にせんだんはその自慢《じまん》の縦《たて》ロールがくちゃくちゃに乱れている。

では、なぜ、もっとも己《おのれ》の身だしなみに厳しい少女がそんな風におかしな格好《かっこう》をしていたかというと……。


せんだん。

言わずとしれた川平薫《かわひらかおる》の犬神《いぬかみ》の序列《じょれつ》一位である。ファッションセンスがやや時代錯誤《じだいさくご》的《てき》で、それを仲間に（親切心から）見立てようとする悪癖《あくへき》以外はほぼ理想的なリーダーである。ようこと戦って大敗を喫《きっ》する以前はやや視野が狭窄《きょうさく》した部分もあったが、ようこに破《やぶ》れてからは敵であった彼女からも大いに物事を学び、急速に成長していった。

元々、犬神の中ではそんなに年を経《へ》た方《ほう》ではない。

川平薫の犬神の中でもなでしこ、ごきょうや、てんそう、フラノなどは彼女よりも歳月を重ねている訳《わけ》で、年かさである彼女らを差し置いてせんだんが仲間の舵取《かじと》りをやっている理由はひとえにその器《うつわ》の大きさにある。

仲間思いでありながら局所《きょくしょ》に囚《とら》われることなく、川平家《け》全体の利益、ひいては犬神たち全《すべ》ての幸せを考えることが出来《でき》るのだ。

もちろん主人を補佐《ほさ》する個の犬神としても非常に優秀なのだが、それ以上に仲間の長所を上《う》手《ま》く引き出し、それを有効活用することに長《た》けている。

今の犬神全体の長、最長老《さいちょうろう》の血を一番しっかりと受《う》け継《つ》いでいるのが彼女なのかもしれない。同じ最長老の直系であるはけなどは常々〝私よりもよほど長に向いていますよ〟と自らの妹を評していた。はけがどこか孤高《ここう》な、他者を寄せ付けない感があるのに対して、せんだんはなんとなく人好きのする情に脆《もろ》い、お人好《ひとよ》しな面も持ち合わせているのだ。

ある意味でスタイルの完成してしまったごきょうややなでしこに比べて、彼女はまだまだ伸びていくポテンシャルを秘《ひ》めていると言っても良いだろう。充分な力量を持っているのになお成長することに対してどん欲な、そんな誰《だれ》もが認めるみんなのリーダーが。

　最近、ちょっとだけおかしかった……。


「リーダー、リーダー」

　と、台所の方から戻《もど》ってくるせんだんにフラノとてんそうが追いついてきた。

「どうしたですか？　急に台所に方に行って。なんか用だったですか？」

「え？」

　と、せんだんは少し赤くなって、

「あ、うん。なんでもない。なんでもないのよ」

「そ、ですかあ？」

　フラノは目をとよんと細めた。

「なんか妖《あや》しいです。なんか今日の……ううん。ここ最近のリーダーはず〜っとそわそわしていて挙動《きよどう》が妖しいです。何かフラノたちに隠《かく》してませんかあ？」

　せんだんは乾《かわ》いた笑い声を立てた。

「か、隠してるなんてそんな！　まさか！」

「妖しい」

　と、ぼそっとてんそうがフラノに追随《ついずい》する形でせんだんに指を突きつける。それから二人してうんうんと頷《うなず》き合《あ》った。

「妖しいよね～？」

「うん。妖しい。とっても妖しい」

せんだんの声が簡単に裏返った。

「一向《いっこう》、妖しくありません！」

と、そこへようこと啓太《けいた》が通りがかった。ようこが、

「あり？　三人ともこんなところでなにやってるの？」

と、小首《こくび》を傾《かし》げる。フラノが大きな声で、

「あ、聞いてくださいよ、ようこちゃん！　なんかリーダーがこそこそずっとどうも妖しくて！」

「だから、妖しくありませんって！」

せんだんが手をきゅっと握って必死で否定する。そんな少女たちのやり取りを眺《なが》めていた啓太がやや何かに急《せ》いたように、

「じゃ、俺、そろそろ寝るな！」

そう言ってすちゃっと片手を上げる。ようこが苦《く》笑《しょう》気味《ぎみ》に、

「あ、ケイタ、おやすみ……わたしはさっきも言ったようにもう少し起きてるから！」

そそくさと逃げるようにその場から去っていく啓太に向かって声をかけた。フラノがきよと

んとしたように、

「え？　啓太様《けいた》、もう寝ちゃうんですか？」

と、ようこに聞いている。

「早い……」

と、しゅびっとなぜか啓太が去った後の空間に指を突きつけているてんそう。せんだんが曖《あい》昧《まい》な顔をしている。

ようこが困ったように笑いながら、

「うん。なんかね、オトサンがケイタを慰《なぐさ》めにここに遊びに来るみたいで」

フラノが目を見開いた。

「え？　大妖狐《だいようこ》がですか？」

「うん、そう」

ようこが頷《うなず》く。

「まあ、半分はそれを名目にただお酒を飲みたいだけなんだけどね、うちのオトサン。お酒大好きだから。ケイタもこの前、オトサンにお酒を付き合わされた時は結局、三日三晩《みっかみばん》の徹夜《てつや》になっちゃって、最終的には色々と盛り上がったオトサンに〝だいしゅくち〟で北極まで連れて行かれちゃって。それで白熊に追いかけられて、危うく食べられかけて。遭難《そうなん》もして」

うわ～、啓太様も大変だあ、と冷汗《ひやあせ》を掻《か》いているフラノ。

「だもんで逃げてるの」

「なるほど～」

と、納得がいったように頷いているフラノ。ようこはちろっとフラノとてんそう、それにせんだんを見やって、

「だからさ、あんたたちケイタの代わりにちょっとオトサンとお酒付き合ってくれないかな？　オトサンも女の子相手ならそう無茶な飲み方は強要しないし」

フラノとてんそうは顔を見合わせた。

この二人も少し前ならともかく今はもう大妖狐を苦手《にがて》とか怖いとか思ったりはしていない。むしろちょっとおバカでオモロイ若作りのおっさん程度にしか考えていない。フラノは満面の笑みで、

「フラノはいつでも宴会《えんかい》大好きですよ！」

諸手《もろて》を上げる。てんそうも片手を上げて、

「異存《いぞん》はない」

ようこは少し笑みを浮かべて、

「ん。ありがと……せんだん、あんたは？」

するとせんだんは、

「な！　ば、バカなことを！」

急につんけんした声を出し始めた。

「だ、大体、誰《だれ》がそんなことを許可したんですか？　ここは川平薫《かわひらかおる》様のお屋敷《やしき》ですよ！　そ、そんな大妖狐《だいようこ》のような不逞《ふてい》の輩《やから》が勝手に飲食をするだの！」

ようこが目を丸くした。

「は？　な、なに言ってるの？」

彼女は理解できないといった風で、

「あんたさっき許可したじゃん！」

するとせんだんはその場にいるフラノとてんそうの視線を気にするように、

「そ、そんなことは！　そんなことは！」

「……ちょっとせんだん、大丈夫？　だったら、お酒とおつまみを多少なりとも用意しておきましょうってあんたちょっと前に確かに言ったよ！」

むしろ心配そうにようこがそう確認した。

「……」

フラノがむ～と目を細めた。なんかホントに自分たちのリーダーがおかしくなってる気がする。てんそうが不思議《ふしぎ》そうに首を傾《かし》げていた。

と、そこへ、

「よっと！」

いきなりどろんと音がして天井《てんじょう》から一人の男が廊下の上に降り立った。彼はようこの方を見るとたちまち相好《そうごう》を崩《くず》し、

「お〜、ようこ！」

すたすた歩いていって彼女の首に手を回す。

ぶちゅっとその頬《ほお》に派手な音を立ててキスをした。

「我が愛《いと》しの娘！　も〜可愛《かわい》いな！　チクショウ、可愛いな！」

「ちょ、ちょっとオトサン！」

ようこ、本当にイヤなのと照れくさいのと恥ずかしいのとで父親の肩をぐいっと脇《わき》に押しやった。その男、大妖狐はさしてめげた様子《ようす》もなく、

「お、それに爺《じい》さんとこの紅娘《べにむすめ》、栗色《くりいろ》ちんちくりんと髪隠《かみかく》しもいるな！」

にっと他の三人の少女たちを見て笑った。フラノとてんそうはびっくりしている。せんだんがいきなり。

ぼんっと音を立てんばかりに頬を紅潮《こうちょう》させていたから。

その間、大妖狐は、

「なあ、ようこ。うちんとこの婿《むこ》どのはどうした？」

「ん？　ケイタのこと？　ケイタならもう寝たよ」

と、ようこが答えると、

「なんだよ、おこそうぜ！　折角《せっかく》」

と、言って大妖狐《だいようこ》はふるんと手を小さく一回転させる。するといつの間にか彼の手にはたっぷり中身が詰《つ》まったと思われる徳利《とっくり》が現れた。

「折角、上等な酒が手に入ったんだから。なあ、赤道斉《せきどうさい》！」

「うむ」

少女たちは、てんそう以外、みんな思わずひっとその場で飛び上がった。気がつけばいつの間にか廊下の暗がりがふわんと広がって、そこに黒衣を身にまとった魔導師《まどうし》が立っていたのだ。

てんそうがぼそっと呟《つぶや》いた。

「赤道斉……」

「ジャマするぞ、川平薫《かわひらかおる》の犬神《いぬかみ》たち」

「キタヨ～、アソビニキタヨ～」

その男の後ろからは彼の忠実な僕《しもべ》たる木彫《きぼ》りの人形、クサンチッペも続いている。赤道斉の右手に古めかしい洋酒の瓶《びん》、クサンチッペは両手一杯に缶ビールを抱《かか》えていた。大妖狐がようこの肩に手を回して楽しそうにひひっと笑う。

「な？」

ようこは溜息《ためいき》をついた。

「だ～め。ケイタはほっとくの！」

「なんだよう」

「それに」

と、ようこは確認を取るようにせんだんに視線を向けた。川平薫がこの場にいない以上、酒宴《しゅえん》を開催《かいさい》するにも川平薫の犬神たち序列《じょれつ》一位のせんだんの許可がいる。先ほど彼女は〝ダメ！〟と前言を翻《ひるがえ》していたのだが……。

しかし。

フラノとてんそうは啞然《あぜん》とする。

ようこもびっくりしていた。

さっき明らかに〝不逞《ふてい》の輩《やから》〟と言ったせんだんがその大妖狐を目の前にして、

「い、いらっしゃい、大妖狐……」

目を逸《そ》らしながら、

「お酒の準備、多少ですが出来《でき》てますよ」

少女たちは本当に口を開けてぽか～んとしている。てんそうまでもが。大妖狐が嬉《うれ》しそうに、

「お、気が利《き》くね、紅娘《べにむすめ》は！」

せんだんの頭に手を伸ばしてくしゃくしゃ撫《な》でた。

せんだん。

ふしゅう～と湯気を立てんばかりに赤面し、俯《うつむ》き、

される がまま。

あの誇り高い天性《てんせい》の貴族精神を持つみんなのリーダーが！

どんな相手にも膝《ひざ》を屈《くっ》することなく、堂々と挑《いど》むような目を向け続けたせんだんが。

一切《いっさい》されるがまま！

「……」

黙《だま》って、俯《うつむ》いている！

真っ赤な顔で、表情を押《お》し隠《かく》して俯いている！

というか。

……若干《じゃっかん》、はにかんでる？

喜んでるの!?

「えええええええええええええええええええええ？」

少女たちが声を揃《そろ》えて驚いていた。そして赤道斉《せきどうさい》だけが、

「我は……ひょっとしてお呼びでないのか？」

と、胡乱《うろん》な声、無表情で首を傾《かし》げた。

「ドンマイマスター！」

木彫《きぼ》りの人形がカタコト手足を動かした。

その後、居間に場所を移して酒宴《しゅえん》が始まった。大妖狐《だいようこ》は最初からハイテンションでがんがんと飛ばしながら飲んでいく。赤道斉はゆっくりと己《おのれ》のペースを守りながらだが、それでも普通の基準からすればかなりの急ピッチで杯《さかずき》を口元に運んでいた。

そしてせんだんは、

「……幾《いく》ら何でもペースがちょっと早過ぎではないですか？　ほら、もう少しおつまみも食べてくださいな」

と、甲斐甲斐《かいがい》しく世話を焼いてやる。

「お～、美味《うま》いな、これ！」

大妖狐がぱくっとせんだんが差し出した豚のショウガ焼きを食べて目を輝かせた。赤道斉ももぐもぐと口を動かしながら頷《うなず》く。

「悪くない」

「……そ、そうですか？」

せんだんは少し頬《ほお》を染《そ》めながら、

「あり合わせのモノで作ったのですが」

他にも炒《い》ったジャコとかナスのしぎ焼きとかが並んでいる。確かに材料はあり合わせかもしれないが……。

手は相当こんでいる！

「準備は〝多少なりとも〟ねぇ～」

フラノがみょ～んと目を細めた。

「……はあ」

ようこが溜息《ためいき》をついた。その横でてんそうがくぴっとアルコールを口に含《ふく》んだ。他の少女たちは大妖狐《だいようこ》たちから少し離れて飲んでいるのだ。

「どう思います、ようこちゃん？」

ひそひそとフラノが尋《たず》ねてくる。ようこも顔を寄せてひそひそと、

「どう思いますも何も」

呆《あき》れたように、

「丸わかりじゃない！」

てんそうが頷《うなず》いた。

「……分かりやすすぎ」

フラノが感嘆の吐《と》息をついた。

「まさかリーダーがねぇ～」

「しかもよりにもよってオトサン」

ようこが嘆かわしそうに首を振った。顔をしかめている。フラノが少し気にしたように、

「あ、やっぱり自分の父親とかが恋愛に絡《から》むのはイヤなものですか？」

するとようこは笑いながら首を振って、

「違《ちが》う違う。そうじゃなくって」

せんだんを見て、

「あの子もオトコの趣味が悪いねえ～と思って、さ」

なんかしみじみ実感がこもっている。

その言葉にフラノは表情の選択に苦慮《くりよ》した。さすがの彼女もなんとコメントして良いか分からない。その間、ようこが苦笑気味《くしようぎみ》に、

「まあ、自分の父親のことをどうこう言うのもなんだけどさ、あの人、別に悪い意味ではなく根っこはただの我儘《わがまま》な子供と一緒《いつしよ》だよ？」

分からない、というように眉《まゆ》をひそめ、

「それにやることはいつもメチャクチャだし、でたらめだし、手はかかるし、いい加減《かげん》だし、どう考えてもせんだんみたいな〝デキル〟奴が好きになるたいぷだとは思えないんだけどな～」

腕を組む。

そもそもが人間である川平啓太《かわひらけいた》を好きになったようこなのだ。種族が違うとか、立場が違うとかの小うるさい考えはない。自分の父親に関しても決して本質的に嫌《きら》いではないものの、どこか第三者的に接しているし、そう感じてもいる。

だから、今は純粋にせんだんの気持ちを不思議《ふしぎ》がっている訳《わけ》で。

するとフラノが、

「にへへへ、ようこちゃん。それがちょっと違《ちが》うのですよ？」

と、指を立ててようこの顔にさらに自分の顔を近づけた。

「いいですか？　これは恋愛の世界にはよくあることなのですが」

「ふんふん」

「ひじょ〜にデキルタイプの……そうですね。リーダーみたいに美人で、仕事も出来《でき》て、全《すべ》てにおいて優秀な女の人がどうしようもない男をヒモのように抱《かか》えていることがあるのです。なんでだかお分かりますか？」

「お分からない。なんで？」

「それはですねえ〜」

と、フラノは少し得意そうに小鼻《こばな》を膨《ふく》らまして解説した。

「それは母性本能をくすぐられてしまうのですよ。ああ、この人は私がいないとダメなんだわ、と思ってきゅんときてしまうのです。コロリとやられてしまうのです！」

「……」

ようこはちろっとせんだんたちの席を見やる。せんだんはお酒を膝《ひざ》の上にこぼした大妖狐《だいようこ》を〝もう！　手がかかりますね！〟とぶつぶつ文句《もんく》を言いながらもフキンでごしごししっかり拭《ふ》いてやっていた。ようこは手で顔を覆《おお》って溜息《ためいき》をついた。

「分かった。すごく分かった気がする……せんだん、可哀相《かわいそう》に。他になんの欠点もないのに」

フラノが満足そうに頷《うなず》いた。

「要するに」

と、てんそう。

ぼそっと、

「せんだんは服の選《えら》び方《かた》と一緒《いっしょ》」

「すごく趣味が悪い」

その言葉にフラノ、ようこが同時にぶふっと吹いた。

「あはははははは！ 言えてる！」

「てんそうちゃん、上手《うま》いこといいますね～」

そんな風に少女たちがきゃっきゃや賑《にぎ》やかに話しているのが気になったのだろう。せんだんが立ち上がってようこたちに近づいていって、

「ちょっと。一体、なんの話をしてますの？」

するとようことフラノ、それにてんそうが一瞬《いっしゅん》押《お》し黙《だま》ってから、

「なんでもないですよ～、リーダー。リーダーはどうぞ、大妖狐のところに戻《もど》ってあげてくださいな」

にまにまと笑いながらフラノが言う。

「まあ、案外良い組み合わせなのかも」

と、ぼそっとてんそう。

最後にようこがにやっと笑ってとどめを刺す。

「ま、オトサンをよろしくね、せんだん♪　ううん」

ロパクで、

〃お、か、あ、さ、ん〃

と、言ってみせる。

「！」

せんだんがかあっと赤くなった。彼女は大きく仰《の》け反《ぞ》るように動揺《どうよう》する。

「な！　な！　な！」

彼女は一気《いっき》に吐《は》き出《だ》すように、

「なにを言ってるんですかああ!?」

ようこ、フラノ、てんそうは〃きゃ～〃とせんだんを怖がるように頭を抱《かか》えるが、顔は盛大に笑っている。面白《おもしろ》がっている。

そこへ、

「お～い！　紅娘《べにむすめ》！　もっとお酒くれよう！」

大妖狐《だいようこ》が現れ、せんだんの肩にぐっと自分の腕を絡《から》めた。少女たちがにまにまとそれを見て笑っている。せんだんはさらに真っ赤。オロオロ。

「あ、あなたは！　あなたは！」

だけど、大妖狐を振り払うことは出来《でき》ない。それを見てもっと含《ふく》み笑《わら》いを加速させる少女たち。さらにてんぱるせんだん。

どんどん場は賑《にぎ》やかになっている。そしてそれを遠目に見ながらくいっと赤道斉《せきどうさい》が杯《さかずき》を呷《あお》って鼻で笑う。

「若いことだな」

木彫《きぼ》りの人形がカタコト手足を動かした。

「イイコトイイコト！」

その後、散々、乱れた宴席《えんせき》でジャンケンに負けたら顔にマジックで落書きをする、という大変、頭の悪そうなゲームが勃発《ぼっぱつ》する。面白がるようこやフラノとか比較的なんでもするてんそうとは異なって普段だったら絶対にお説教してでも止めるせんだんが酔いが回っていたのと大妖狐への遠慮からかそのゲームに参加して、顔に落書きされてしまう。その後、大妖狐にも落書きしかえし、いつの間にか赤道斉やクサンチッぺすらそれに混《ま》じって、みんなで顔中落書きだらけになったところで解散。

せんだんとようこはもう少しだけ二人で話すために部屋に来たのだが。

「ちょっと！　ケイタ、これはどういうこと!?」

ようこが怒っている。

それも当然だろう。ほとんど半裸で思いっきり寝乱れた感じのたゆねがベッドの上に横たわってるし、同じく顔をほろ酔いでほんのり上気させたごきょうやが啓太《けいた》にすがりついて泣いていたのだ。せんだんはただ呆《あき》れている。

啓太が、

「あ、いや、これは、つうか！　俺しらん！　ほんとしらん！」

と、そこへ。

「川平《かわひら》くん！」

一体どこから聞きつけたのか扉がばんと開いて、

「本家《ほんけ》でなにかすっごい失敗したって本当!?」

二十歳の女子高生、新堂《しんどう》ケイがスポーティーなスエット姿《すがた》で現れる。ようこが目を丸くしている間、すたすたと啓太に歩み寄って、

「だいじょうぶ？　なんか大変そう？　勘当《かんどう》されるんだったらうちでかわ……ううん、啓太くんの面倒《めんどう》見るけどど、どう？」

「な、何を言ってるの、ケイ！」

「だいじょうぶ。啓太くんのお陰《かげ》でうちの新堂家みるみる財産を盛り返してるし、啓太くんの一人や二人養うくらい」

「人の話を聞け〜〜〜〜!?」

そしてひたすらオロオロしている啓太の横でようことケイの争いが繰り広げられる。せんだんは溜息《ためいき》。ごきようやはばつが悪そうにしていて、たゆねは「ん。ん〜、まだですかあ、啓太様?」とまだ半分、寝ぼけていた。

騒がしい夜はまだまだ終わりそうになかった……。


そして川平薫邸《かおるてい》が騒々しい夜を迎えていたその頃《ころ》。

川平邸の主《あるじ》である川平薫は自室の椅子《いす》の上で笑っていた。

「という訳《わけ》でね、啓太さん、すごく大変だったんだよ」

向かいのベッドの上に座っているのは川平薫の妹、川平カオルである。彼女はとある理由で川平の親族ほどんどが顔を揃《そろ》えた今日の集まりに欠席していた。

「……」

なんとも形容《けいよう》しがたい表情をしている。

「え、えっと、ごめんね。もう一度」

「うん」

と、彼女の双子《ふたご》の兄はにこやかに、

「公衆の面前で見せてはいけない部分がいきなり」

「あ、分かった。もういい。やっぱりもういいよ、お兄ちゃん！」

カオルの方は急に真っ赤になると手をふるふると振った。ようやく事態が頭に入った。最初は聞《き》き違《ちが》えかと思って聞き返したが、どうやら間違いないようだ。

啓太《けいた》お兄《にい》ちゃんはその。

えっと。

大事な部分が。

カオルはかあっと赤くなってその場にいなくて良かった、とつくづく思った。いたら間違いなく一週間はまともに啓太の顔を見られないところだった。

「でね」

と、そこで薫《かおる》が目を細める。

「僕が困ってるのはその結果、川平《かわひらけ》家の親族や他の出席者たちから〝いまさら川平啓太の能力や人格に疑いを持ったりはしないが、あのヘンタイっぷりは川平家の代表として如何《いかが》なモノか?〟って声が出ちゃってさ。ほら、なんていうのかな? そういう風に変な状況を引き起こすのもある程度は当人の霊的《れいてき》な体質が関係していることだからさ」

「……」

カオルは押し黙《だま》った。兄の言うことは大体分かる。

生まれつき運の良い人、悪い人がいるように何かとトラブルに巻き込まれる体質も当人の霊的な波長が関係していることが多い。啓太は確かに優れた霊能者《のうしゃ》かもしれないが、そういった騒動……特にヘンタイ的な騒ぎを誘発《ゆうはつ》しやすい体質であるのも確かだ。

それが川平家のいわば看板《かんばん》になる訳《わけ》だから。

出席者たちから不安の声が上がるのも無理はなかった。

「まあ、結局、決定権はお祖母様《ばあ》にある訳だから問題はないといえばないんだけど……出来《でき》れば周囲みんな納得出来る状況に持っていきたいよね」

ふんわりと笑い、天井《てんじょう》を見上げる川平薫。

妹のカオルが迷うように尋《たず》ねた。

「……ねえ。お兄ちゃん」

「ん？」

「聞いて良いかな？　お兄ちゃんはその、啓太お兄ちゃんに宗《そう》家になってほしいの？」

川平薫は即答《そくとう》しなかった。

それからどこか懐《なつ》かしそうな表情で、

「僕はね、カオル。啓太さんになろうと思って歩いた。啓太さんがいてくれたから僕はあそこで止まらずにすんだ。僕は啓太さん以上の霊能者を知らない」

「お兄《にい》ちゃん」

と、カオルが冷静に指摘する。

笑って、

「答えになってないよ？」

薫《かおる》もまた笑った。

「そうだね。答えてない」

「……迷ってるんだね？」

妹のそのもの静かな問いに、

「……かもしれない」

と、川平《かわひら》薫はあっさり頷《うなず》く。

「あのままあっさりと決まっていたら僕もそれを支持したけど、今は考えが定まらない。川平、、、、、、、、、、、啓太は本当に川平の、、、、宗家になって、、、いいのか……分からない」

カオルは不思議《ふしぎ》な目をした。

「……」

その妹に対して今度は逆に川平薫が尋《たず》ねる。

「君は？　君は一体どう思ってるの？」

するとその問いにカオルは淡泊《たんぱく》なくらいあっさりと、

「私は啓太《けいた》お兄ちゃん以上の霊能者《れいのうしゃ》を知らない」

薫は苦笑《くしょう》する。

「兄を前に」

「だから、啓太お兄ちゃんは宗家《そうけ》になるべきだと思う。たとえその」

少し恥ずかしそうに、

「どんなにヘンタイ的なことをしても」

「……」

今度は薫が黙《だま》り込《こ》む。彼の妹はゆっくりと指を立てた。

「ねえ、お兄ちゃん。私、一つだけ」

兄を見つめながら、

「お兄ちゃんの迷いをはらす方法……そして翻《ひるがえ》って、もし、きちんと白黒がついた場合、啓太お兄ちゃんを確実に誰《だれ》もが納得いく形で宗家にする方法が分かるよ」

川平薫は妹を見返した。

「……どういうこと？」

「それはね」

カオルはゆっくりと腹案《ふくあん》を話し出す。しばらくしてから川平薫が感嘆《かんたん》したように、

「君は、その」

溜息《ためいき》をつく。

「頭が良いね、色々。その手があったか！」

川平《かわひら》カオルはにっこりと微笑《ほほえ》んだ。

「お兄《にい》ちゃんの妹だもん」

そして事態は川平啓太《けいた》と川平薫《かおる》の全面対決という局面へとゆっくりと移行していく……。

第四話

大乱戦！　跡目争い！

その日、川平家《かわひらけ》の大広間で再度、呼び出しを受けた川平啓太《けいた》と川平薫《かおる》が並んで座っていた。啓太はふて腐《くさ》れたように胡座《あぐら》を組み、肘《ひじ》を突《つ》いている。薫はきちんと正座をして、真っ直ぐに背筋《せすじ》を伸ばしていた。

そしてその真向かいには川平の宗家《そう》。

彼女は溜息混《ためいきま》じりに話し出す。

「……という訳《わけ》じゃ。啓太、わしの一存《いちぞん》でお前を次代の宗家に押し通しても良いが、結局、周《まわ》りが納得せん。だから、薫が言った提案受けて貰《もら》う」

「だからあ！」

と、啓太は叫んだ。

「言ってるんだろ！　俺は宗家なんかやりたくないって」

すると薫が微笑《ほほえ》んで、

「というと思ってました。だから」

彼は啓太の方に近寄っていってこしょこしょと何か耳打ちをした。その一言でぱあっと啓太の表情が明るくなった。

「そっか！　そういうことか！　お前、頭良いな！　ほんと頭良いな！」

涼《すず》やかに笑っている薫を感心したように見つめた後、

「おっけ～！　婆《ばあ》ちゃん」

急にがっと力こぶを作り、

「そういうことなら俺、次の宗家になってやる！　薫の挑戦、受ける！」

次にびっと川平薫に向かって指を突きつけた。

「お前とは本当に一度、力勝負をしてみようと思っていたんだ、薫！　悪くねえ！　そいつはぜんぜん悪くねえぜ！」

その啓太の変わりっぷりに川平の宗家は〝ん～？〟と眉根《まゆね》を寄せ。

薫はずっと微笑んでいた。


だが、この時点でもうそれは決まってしまっていた。

未曾有《みぞう》の戦いが開催《かいさい》されることに。

その次の日から川平家の親族及び交友関係にある霊能者《れいのうしゃ》さらには川平家と契約《けいやく》を結んでいる全犬神《ぜんいぬかみ》たちに通達《つうたつ》が下る。

『川平啓太と川平薫は跡目《あとめ》を巡《めぐ》って正式に〝犬神使い〟として決着をつける』

と。

『従って川平啓太あるいは川平薫を支持する者はそれぞれ彼らを助けるべく尽力《じんりょく》すべし。それはいかなる立場の者でも助太刀《すけだち》可なり』

つまり川平啓太に宗家になって欲しい者は川平啓太の陣営《じんえい》に、川平薫に宗家になって欲しい者は川平薫《かわひらかおる》の軍勢《ぐんぜい》にそれぞれついて良し、と言っているのだ。より過激に言い換えれば川平啓《けい》太《た》と川平薫どちらが宗家《そうけ》になるかで思いっきり喧嘩《けんか》をするので、どうか良いと思う方《ほう》へ加勢《がせい》してください、と要請《ようせい》している。

その通達《つうたつ》に。

川平家が。

そして吉日《きちじつ》市全体が揺《ゆ》れた。

夏の真《ま》っ盛《さか》り。その日。川平啓太と川平薫は己《おのれ》の全《すべ》てを出してぶつかり合う……。

川平薫の本陣《ほんじん》は川平薫邸《てい》の中庭だった。ルールは簡単。川平啓太と川平薫の争いに参加する者はそれぞれ身体《からだ》のどこかにどちらの陣営《えい》に属しているかはっきりと分かる風船を結《ゆ》わえ付《つ》ける。

そしてその風船を割られたら、即《そく》退場。以後、戦いには参加できなくなり、最初にお互いの大将《たいしょう》である啓太と薫の風船を割られた方が負け。

極《きわ》めてシンプル。

故《ゆえ》に奥の深い戦いだった。

今、中庭にはうずうずした様子《ようす》の双子《ふたご》が並んで立っていた。

「凄《すご》いことになってるな〜」

「なあ？」

彼女らの目の前には熱気がむんむんと籠《こ》もっている。ざっと見た限り、百人近い犬神《いぬかみ》、それに人間の霊能者《れいのうしゃ》たちが集まっている。皆《みな》、川平薫を宗家に押し立てようと考えて馳《は》せ参《さん》じてきた者たちばかりだ。

純粋に〝川平啓太より川平薫の方が優れているから彼を宗家に〟と考えている者も中にはいたが、大多数が〝川平啓太の実力は認めるけど、それはそれで別として川平家の当主がヘンタイというのは困る！〟という恐れから参加している者たちばかりだった。

〝結果として川平啓太になってもそれはそれでもう仕方ないが、せめて頑張《がんば》って俺たちで川平薫を推《お》そうじゃないか！　彼なら品行方正《ひんこうほうせい》だし、能力も高いし、なによりヘンタイじゃない！

（ここすごく重要）〟

というなんだか哀《かな》しくなるような動機でみんな案外、本気の顔をしている。

あと女性が多かった。

「さすが薫様だな」

「なあ？」

双子は興奮《こうふん》した様子で口元に手を当て、くすくすと笑っていた。こんな大がかりなイベント、楽しそうな行事は大好きなのだ。

それぞれ帽子を被《かぶ》っていて、その帽子にハート型の風船を結《ゆ》わえていた。薫陣営《かおるじんえい》は全員、このピンク色のハート型風船を身体《からだ》のどこかに結わえ付けていた。

「お～、集まってますね♪」

「……壮観《そうかん》」

そこへ似《に》たような格好《かっこう》をしたフラノ、てんそうも現れる。いまり、さよかがその後に続くごきょうやをちらっと見て少し意地悪《いじわる》く、

「おやおや、ごきょうやくん。君は啓太《けいた》様のところに行かなかったのかね？」

「別に今回は縛《しば》りはないんだよ。自分の思う方《ほう》についていいんだぜ？」

ごきょうやはそれを苦笑《くしょう》で受け流した。

「私は思う方についている。様々なことを勘案《かんあん》して薫様の方が宗家にはふさわしい」

「フラノもそう思います～！」

「同感」

フラノ、てんそうもあまり迷っていない感じだ。いまりとさよかがにひっと笑って手を差し出した。

「なら、私らは同志だ」

「頑張《がんば》ろうぜ！」

それにごきょうや、フラノ、てんそうもすっと手を合わせた。珍しい組み合わせの五人がそ

れぞれ〝お～！〟と互いの力闘《りきとう》を誓《ちか》い合《あ》う。

一方、そこから少し離れた場所でせんだん、いぐさは静かに語り合っていた。

「大体、あなたが予想した通りになったわね」

と、せんだんが微《かす》かに笑って言う。いぐさも微笑《ほほえ》みながら首を横に振った。

「少しだけ違《ちが》う。たゆねはもっと悩まないかと思った」

彼女の視線の先にはホットパンツにシャツ姿のたゆねがいた。彼女は傍目《はため》にも分かりやすいほどに苦悩していた。

頭を抱《かか》え、

「あ～」

とか、

「う～」

とか時折《ときおり》、呻《うめ》いている。うろうろと歩き回っていた。顔はかなり困惑《こんわく》した感じだ。たとえは悪いかもしれないが、罠《わな》があると分かっていながらも餌《えさ》の誘《ゆう》惑にあらがいきれないでいる野生動物みたいな感じだ。

いぐさがなんだか哀《あわ》れむような感じで、

「情《じょう》と理《り》ならばあの子、絶対に迷わず情を取ると思ったんだけど」

せんだんがおかしそうに笑って答えた。

「まあ、あの子も分かってるのでしょう。いかに啓太《けいた》様を慕《した》ってはいても、トータルな意味では薫《かおる》様の方《ほう》が上だと」

「そこら辺がせんだんはごきょうやとは違《ちが》うんだね？」

いぐさが確認を取るように尋《たず》ねる。せんだんは迷いなく、

「ええ、もちろん。我が主《あるじ》は川平《かわひら》家《け》において最強であり、最良です。ううん、この場合、フラノ、てんそう、いまり、さよかは共に私と同じ考えでしょう。もちろん、いぐさ？　あなたもでしょ？」

「うん、私も」

いぐさはすぐに頷《うなず》いた。

「確かに啓太様は素晴《すば》らしいけど」

いつの間にか培《つちか》っていた強い瞳《ひとみ》で、

「私の主はあくまで薫様！」

ぐっと拳《こぶし》を握って力強く告《つ》げる。せんだんは苦笑《くしょう》しながら、

「そこら辺がごきょうや、だいぶ違うみたいね」

「そうみたいだね。ごきょうやはあくまで〝宗《そう》家に最適なのは薫様〟って含《ふく》みを持たせて言っていたから」

「あとはまあ」

せんだんは溜息《ためいき》をつく。

「ともはねは予想がついていたとはいえ」

「えっとね、せんだん」

いぐさが困ったように、

「私、あれも予想がついていたよ。なでしこのことも。あの子、きっとこういう戦いだとああするだろうなって。ああいう風に振る舞うんだろうなって……なんとなく想像がついた」

「……」

せんだんがたらっと冷汗《ひやあせ》を掻《か》く。

「その場合、なでしこはきっと」

いぐさもやや引き笑いで、

「うん、だろうね……」

二人がなんとなく空恐《そらおそ》ろしそうに顔を見合わせたところでこの戦いの一方の盟主《めいしゅ》、川平薫が中庭に現れた。

彼はどよどよとざわめく一同を前に声を張り上げた。

「皆さん！」

よく通るその一言に辺《あた》りはしんと静まり返る。薫はにやっと笑って告げた。

「川平啓太は宗家にはふさわしくない！」

いきなり挑発的《ちょうはってき》な物言いをする。これにはせんだん、いぐさ、ごきょうやを初めとする少女たちもびっくりしている。今度の件における川平薫《かわひらかおる》の立ち位置がイマイチ判然《はんぜん》としなかったのだが、このような明確な啓太《けいた》を否定するような言《い》い方《かた》は。

間違《まちが》いなく。

「だから、皆さん、啓太さんを倒しましょう！」

くいっと拳《こぶし》を突き上げる。

間違いない。

川平薫は。

これを。

このイベントを。

い、い、い、い、い、い、
純然と楽しんでいた。

せんだんは感心する。思えばストイックな薫がこんなにも面白そうに笑っているのは見たことがなかったかも知れない。

全力で戦えて、遊べる。

薫の不敵な目はそう語っていた。中庭に揃《そろ》っていた一同が思いっきり手を上げた。

「おおおおおおおおおおおおおおお！」

雄叫《おたけ》びが響き渡る。

薫が深く啓太を尊敬していることは知っている。もしかしたら川平薫にとって宗家の座などどうでも良いのかも知れない。ただ川平啓太とこのように思いっきりやり合える。それが望みなのだとしたら、薫は。

本気だ！

せんだんはようやく思《おも》い至《いた》った。薫が本気だと悟《さと》ったからこそなでしこはああ動いたのだろう。せんだんはあと一度、身震《みぶる》いする。

「これは」

きゅっと拳を握った。

「どうやら私たちも腹《はら》を据《す》えねばならないようね……」

隣でいぐさも頷《うなず》いていた。

「ええ」

ごきようやは苦《にが》く笑って溜息《ためいき》をつく。

「こういうノリは……こういうお祭り騒ぎが好きなのはもはや川平の業《ごう》だな」

いまり、さよか、フラノ、てんそうはただ単に面白《おもしろ》そうにはしゃいでいて、さらにちょっと離れた場所でたゆねが今にも泣き出しそうな声を出していた。

「ど、どうしよう～」

未《いま》だに彼女は自分の立場を決めかねていた。

全《すべ》ての檄《げき》を飛ばし終えて薫《かおる》はふうっと溜息《ためいき》をつく。開戦までの短い間、お茶でも飲もうと中庭から離れかけた時、背後から声をかけられた。

「なかなか見事《みごと》に将《しよう》の役をこなしているな、川平薫《かわひら》」

川平薫が振り返って軽く驚いた声を出した。

「仮名《かりな》さん！」

そこに暑いのにきっちりとスーツ、ネクタイ姿《すがた》の特命霊的捜査官《とくめいれいてきそうさかん》仮名史郎《しろう》が立っていた。薫は嬉《うれ》しそうに、

「久しぶりですね！　なんだか最近、お忙しかったようですが？」

「ああ」

と、仮名史郎は実直《じつちよく》に頷《うなず》く。

「中央で桁外《けたはず》れの霊力値を出した少年がいてな。その子の処遇《しよぐう》で本局自体が忙しかったのだ」

「へぇ……あの」

薫は猫のように琥珀色《こはくいろ》の目を細める。

「こちらにいらっしゃったということは？」

「うむ。そういうことだ」

仮名史郎は大まじめな顔でハート型の風船がくくりつけられた帽子を頭にすぽっと被《かぶ》った。

「私は君に加勢《かせい》しよう」

薫がひゅうっと口笛を吹いた。

「それはすごく心強い。でも、いいんですか？　仮名さんはいらしても啓太《けいた》さんの方《ほう》につくと思っていたのですが？」

仮名史郎はふっと横を向き、陰《かげ》のある顔で笑った。

「私は過去の因縁《いんねん》に自らの手でケリをつけねばならないのだよ」

「？」

怪訝《けげん》そうな顔の薫に仮名史郎は説明する。

「いいか？　私としては今後とも川平家と付き合っていきたい。別に川平啓太に他意《たい》はない。だが、あの男と付き合い続けるということはどうあっても私が忌《いま》わしい変質《へんしつ》的な出来事《できごと》に巻き込まれ続けるということを意味するのだ！　ならば当主は君であるべきで、私はそれでヘンタイ的な諸々《もろもろ》から脱却《だっきゃく》する！　これが私が君につく理由の全《すべ》てだ！」

力強くそう宣言する仮名史郎に薫は珍しく引《ひ》き攣《つ》った笑みを浮かべる。

「あ、はあ、なるほど……」

それから彼はちょっとだけ面白《おもしろ》そうに空を見上げた。

「啓太《けいた》さん」

〃こちらの戦力は相当、整ってきましたよ！〃

空は見事《みごと》に晴れ渡っていた。

川平薫《かわひらかおる》の陣営《じんえい》にはまず川平薫、それに彼の犬神《いぬかみ》せんだん、いぐさ、たゆね、ごきょうや、フラノ、てんそう、いまり、さよか。

それに仮名史郎《かりなしろう》を初めとする人間の霊能者《れいのうしゃ》約五十人。

犬神たち五十四。

それが川平薫軍の顔ぶれだった。


一方、その頃《ころ》の啓太《けいた》はというと……。

彼は川平薫邸《てい》の玄関前を間借りして本拠地《ほんきょち》にしていたのだが、彼の目の前には。

「あ、あの頑張《がんば》りますから……」

「やるっす♪」

「くけえ～」

小動物が三匹並んでいるだけだった……。

啓太はがっくりと地面に膝《ひざ》を突《つ》いている。

「お、俺の人望《じんぼう》って……」

ようこが痛ましそうに首を振りながらぽんぽんと彼の肩を叩《たた》いている。なんと声をかけて良いのかそれすら分からない。

猫の留吉《とめきち》。

狸《たぬき》。

河童《かっぱ》。それがようやく揃《そろ》った彼の加勢者全《かせいしやすべ》てだった。

あとそれにようこ。

「これで一体、どうやって戦えばいいんだよ！」

啓太が叫んでいた。

オブザーバーとしてそれを遠くから見ていた川平榧《かやの》が溜息《ためいき》をついている。

「全《まった》く」

はは、とはけが苦笑《くしよう》していた。

そこへ。

「ふふふ、川平《かわひら》さん。我らをお忘れなく」

「俺たちは何時《いっ》だってあんたの味方だぜ！」

「かり集められるだけ仲間をかり集めてきましたよ〜」

ドクトル、親方、係長を初めとしてヘンタイ界の住人がざっと二十名程度現れた。啓太《けいた》はそちらをちらっと振り返り。

「ニンゲンが〜、ニンゲンがどうしても揃《そろ》わない〜」

また顔を覆《おお》ってさめざめと泣く。

「あ、こら！　随分《ずいぶん》と失礼な野郎だぜ！」

「私らニンゲンですってば！」

親方とか係長がわいわいと言ってると、

「なんだよ？　ニンゲンじゃなきゃダメなのかよ？」

ふわっと空から大妖狐《だいようこ》が、そして、

「ふむ。川平薫《かおる》はいまいち面白味《おもしろみ》に欠けるからな。我はお前に加勢《かせい》しよう、川平啓太」

赤道斉《せきどうさい》がぬうっと地面から突き出るようにして生《は》えてくる。

啓太もこれには驚く。

「お、お前ら……」

さらに、

「啓太様～、あたし、こっちに来ちゃいましたよ！」

すててっとともはねが駆けてくる。その後《あと》をおっとりと微笑《ほほえ》みながら、

「啓太様。私もこちらに」

啓太は思いっきり裏返った声を出した。

「なでしこちゃん！」

最後に川平カオルがちょっと戸惑《とまど》うように、

「あ、あれ？　意外に結構、人が揃《そろ》ってますね……」

とんと玄関前に降り立った。啓太はじ～んとしている。

思いっきり拳《こぶし》を握った。

「勝てる！　これなら勝てるぞ！」

一気《いっき》に形勢《けい》が逆転した気分だった。


ところで。

「……」

ようこだけはじと～と目を細めてなでしこを見つめている。なでしこは、

「……」

〝なんですか？〟という微笑《ほほえ》みで顎先《あごさき》に指を当てて、きょとんと小首《こくび》を傾《かし》げたが。

なんだか色々と腹の中では企《たくら》んでいそうな顔つきだった。

波乱含《はらんぶく》みの陣容《じんよう》だった。

川平啓太《かわひらけいた》の陣営《えい》はまず啓太、ようこ、なでしこ、ともはね、川平カオル。

それに開戦ギリギリになって息を切らして現れた新堂《しんどう》ケイが、

「私も戦うわ！」

と、加わっている。

他にヘンタイたちが二十名程度。

大妖狐《だいようこ》、赤道斉《せきどうさい》。

小動物が三匹。

数では薫《かおる》の軍勢《ぐんぜい》に劣《おと》っているものの、大妖狐、赤道斉を初めとして単体の戦力では大いに勝っている。

むしろ総合戦力では薫陣営を圧倒《あっとう》していると言っても良いだろう。その日、正確に正午。戦いの火蓋《ひぶた》は切って落とされた……。

ルールでは川平薫邸《てい》を離れなければどこを舞台に戦っても良い。川平薫軍はまず開戦と同時にいまりとさよかを斥候《せっこう》に出す。

薫はまず相手の正確な布陣《ふ》内容を確認しようとしたのだ。

ようこ、川平啓太なども厄介《やっかい》だが、恐らくは最強クラスである大妖狐、赤道斉も向こう側についているはずだ。

その超大駒《ちょうおおごま》大妖狐、赤道斉を一体どうやって使ってくるのか、そこをまず知りたい。

ところが。

「薫様！」

と、本邸を回り込んで玄関前に向かったはずの双子《ふたご》がすぐに戻《もど》ってきた。

「大変です！　向こうは一人もいなくなってます！」

せんだんが眉《まゆ》をひそめ、傍《かたわ》らの薫を見上げる。

薫はすぐに事態《じたい》を悟《さと》って軽く舌打ちをした。

「しまった！　啓太さん？　いや、もしかしたらカオルの……」

彼がそう呟《つぶや》いた刹那《せつな》。

「敵襲《てきしゅう》！　空から赤道斉と大妖狐！」

ごきょうやが鋭く警告《けいこく》の声を発した。その場にいた全員思わず空を見上げる。

「わははは！　来たぜ、来たぜ～！」

「ふむ。参《まい》ろうか！」

空に腕を組んだ二人の巨魁《きょかい》が並んで立っている。薫は叫んだ。

「全軍散開《さんかい》！　ばらばらに！　予定より少し早いですが作戦プランAを展開します！」

わっと薫《かおる》の軍勢《ぐんぜい》が散らばっていく。その中へ象さんの風船をそれぞれの腰元《こしもと》に結《ゆ》わえた大妖《だいよう》狐《こ》と赤道斉《せきどうさい》が縦 横無《じゅうおうむ》尽《じん》に躍《おど》り込《こ》んでいった。

「おっりゃ～！」

「……我のこの象さん。見事《みごとう》討《う》ち取《と》れるかな？」

悲鳴が各所で湧《わ》き起《お》こった。

川平《かわひら》薫は大妖狐と赤道斉に備《そな》えて、薫邸内《ていない》全《すべ》てに味方を散らすゲリラ戦を想定《そうてい》していた。だが、それが今、逆に先手を打たれてまず相手に散開されてしまった。

恐らくはこちらの動きを読んだ……。

「それがカオルの発案なのだとしたら」

と、苦笑しながら川平薫は呟《つぶや》く。

「一番、厄介《やっかい》な相手が敵に回ったかもしれないね……」

そうぼやきながらも彼は屋敷《やしき》内に機敏《きびん》な動きで駆け込んでいく。その後をせんだんたちがさっと影のように続いた。彼のいわば本陣《ほんじん》とも言うべき少女たちは全《まった》く動じていなかった。主《あるじ》、薫がこれ以降の策《さく》を周到《しゅうとう》に用意しているのを知っていたから……。

一方、その頃《ころ》、食堂の方に移動していた啓太《けいた》は、

「ま、ゆっくりと行こうか！」

にっと笑っていた。彼の周《まわ》りにはようこ、なでしこ、ともはね、カオルが付き従っている。

「……大妖狐さんと赤道斉さん。いきなり攻め込んじゃいましたね」

と、小首《こくび》を傾《かし》げてカオルが呟《つぶや》く。

恐らくは地の利を生かした作戦を展開して乱戦に持ち込んで来るであろう兄の考えを見抜《みぬ》いて、予《あらかじ》め味方を散開させたのは彼女の策である。

川平薫が自分の直属の少女たちだけで充分自信を持った布陣を敷《し》けるのに対して、カオルもまた自分とようこだけで啓太を護《まも》りきる自信が十二分《じゅうにぶん》にあった。だから、より独立性の高い、攻撃的《こうげきてき》な赤道斉と大妖狐を生かす意味でもこういったゲリラ戦を選択《せんたく》したのだが……。

そんな策士《し》たる彼女をして想定外のことが一つあった。

その最大が。

「なでしこ」

と、ようこが訝《いぶか》しそうに尋《たず》ねた。

「……あんた、なにやってるの？」

「え？　ああ、どうせならお茶でも入れようかと思いまして」

にこにこしながらなでしこが台所の方に向かっていく。

少女たち。

この場合、残ったようこ、カオル、それにともはねだが。

三人は奇妙《きみょう》な表情で互いの顔を見つめ合った。

啓太《けいた》だけはただ無邪気に喜んでいる。

「わ〜、なでしこちゃん♪　やっぱり気が利《き》くな！」

脳天気極《のうてんききわ》まりなかった。


その頃《ころ》、赤道斉《せきどうさい》と大妖狐《だいようこ》は逃げまどう人間の霊能者《れいのうしゃ》、犬神《いぬかみ》たちの風船を片《かた》っ端《ぱし》から割りまくっていた。

「へへへへ！」

「ふむ。ふはははは！」

彼らはそれぞれ嵐のように術を使ったり、手を振るったりで、やりたい放題《ほうだい》にやっていたので気がつかなかった……。

一見、ばらばらに逃げているように見える霊能者や犬神たちが実はゆっくりと彼らを誘導《ゆうどう》するように動いていることに……。


同時刻、食堂にとりあえず潜《ひそ》んでいる啓太は、

「いただきま～す♪」

なでしこが入れてくれた紅茶をくぴくぴ飲んでいる。ようこが、

「あ」

と、思わず声を上げて、カオルが何か言いたげに眉《まゆ》をひそめた。だが、もう遅い。

「ふふ」

と、なでしこは微笑《ほほえ》んで自らもマグカップを口元に運んだ。ともはねがじいっとそんな彼女を見つめている。

「……」

「……」

「……」

仕方がないのでようこ、カオル、ともはねも自分たちの分の紅茶をすっと口に含《ふく》む。

まさかとは思うけど……。

睡眠薬《すいみんやく》などは入っていまいな？

そんな表情である。しばらく遠くの方から聞こえてくる破砕音《はさいおん》や赤道斉、大妖狐の喧《やかま》しい哄笑《こうしょう》などに耳を傾けつつ、沈黙《ちんもく》が続く。

やがて、

「一つ、ルールを確認していいですか、カオル様？」

なでしこがふんわりと微笑《ほほえ》みながらカオルを見やった。

「な、なに?」

と、いささかたじろいでカオル。なでしこはあくまで微笑みつつ、

「あの、もし……なんですけど、万が一にもひょっとしてまあ、ものすご〜く低い可能性なんですけど、味方が誤って風船を割ってしまっても、その人は退場なんですよね?」

「……」

カオルは絶句《ぜつく》。冷汗《ひやあせ》を垂《た》らしつつ、

「う、うん。最初の取り決めではそうなってる、かな?」

「では」

と、なでしこ。

「それが大将《たいしょう》……この場合、啓太《けいた》様のであっても?」

ようこ、ともはねまで固まる。

(やる気だ!　この女やる気だ!)

そんな気配が張《は》り詰《つ》める。

「う、うん。その場合はそう。そうなるかな……」

なでしこはちらっと啓太の腰元《こしもと》に結《ゆ》わえられた象さん風船。

すなわち大将首《くび》に目を走らせ。

またにこっと微笑み。

「まあ、あくまで仮定の話ですけどね……それ」

そう言って目を伏《ふ》せ、紅茶をまたすっと口に含《ふく》んだ。啓太はあくまで嬉《うれ》しそうに、

「いやあ、まさかなでしこちゃんに味方して貰《もら》えるとは思ってなかったかなあ～」

手を擦《す》り合《あ》わせていた。単純極《きわ》まりない。

その間、ようこ、カオル、ともはねは、

（ひそひそ）

密談《みつだん》を開始している。

やる気だ！　あの女やる気だ！

一方、新堂《しんどう》ケイは温室の近くで吠《ほ》えていた。

「ったく！　なんで、私がこんなことに！」

予定では啓太にぴったりとくっついて彼を要所《ようしょ》要所でフォローして思いっきり株《かぶ》を上げるつもりだった。

なのに。

今は。

「姉御《あねご》！」

「ついていきますぜ、ケイの姉御！」

「僕らの女王様、ばんざ～い！」

ヘンタイたちが二十名ばかり彼女の後《あと》をうろちょろついて回るばかりである。最初に散開《さんかい》した時に啓太《けいた》とはぐれてしまったのだ。

「う、うるさ～～～い！　うるさい！　あんたらついてくるな！　ついてくるな！　も、もう啓太くんどこにいるの～!?」

それでも啓太を捜《さが》すのを止めない新堂《しんどう》ケイだった。

赤道斉《せきどうさい》は犬神《いぬかみ》の一人を追いかけていく過程で川平《かわひら》薫《かおる》邸《てい》の屋内《おくない》に入る。その犬神は廊下まで逃げてきたところで突如《とつじょ》、反転《はんてん》。

「は！」

と、赤道斉が吊《つる》している象さんの風船を爪で狙《ねら》った。

「〈極《きわめ》よ、戒《いまし》めの縄《なわ》！〉」

赤道斉はすっと指を一本立てる。すると、

「わ！　わ！」

四方八方からその犬神に向かって縄が飛び出てきて、

「わ～～～～～～～～～！」

ぐるぐる巻きに彼を縛《しば》り取《と》ると、彼を身動き一つ出来《でき》ないようにした。ぼてっとその犬神の身体《からだ》が廊下に落ちる。

その間、赤道斉は悠然《ゆうぜん》と歩《ほ》を進め、

「ふむ、残念だったな。狙いは悪くないが……これでチェックメイトだ」

その犬神の頭の上の風船をすっと空中から取り出した針で突いた。ぱんと風船が音を当てて割れ、その犬神は悔《くや》しそうに声を上げた。

「くそ！」

「ふ」

赤道斉が笑って、彼に背を向けるとその犬神を縛っていた縄は跡形《あおかた》もなく消え去った。

「たまにこういう遊びも悪くないな……」

赤道斉は満足そうに頷《うなず》いた。

大妖狐《だいようこ》は人間の霊能者《れいのうしゃ》を追いかけて森の中に入り込む。そこへすっと出てきたのが、せんだんだった。

「大妖狐！」

「お。紅娘《べにむすめ》～」

大妖狐《だいようこ》がにへっと表情を緩《ゆる》める。

彼としても色々と世話を焼いたり、美味《おい》しいモノを食べさせてくれるせんだんは割《わり》とお気に入りになっているようだった。

「え？　あ、はい」

せんだんはいきなり凛《りん》とした表情が崩《くず》れ、あたふたとする。横合いから出てきたいぐさが、

「ちょ、ちょっとちょっとせんだん！」

と、声をかけたので慌《あわ》てて表情を引《ひ》き締《し》めた。

「あ、う」

かあっと赤くなっていたのをなんとか落ち着け、咳払《せきばら》いを一つし、

「大妖狐。あなたがあくまで啓太《けいた》様のお味方に回るというのなら」

きっと大妖狐を睨《にら》み、持っていた扇子《せんす》を振るう。

「私たちが相手になります！」

その瞬間《しゅんかん》、木陰《こかげ》からバラバラとたゆね、ごきょうや、フラノ、てんそうが飛び出してくる。

彼女らは予《あらかじ》め前に出ていたせんだんといぐさを中心に半円を描くように大妖狐と正対《せいたい》する。大妖狐はにやあっと笑った。

「遊ぶか？」

一方、赤道斉《せきどうさい》は廊下を悠然《ゆうぜん》と歩いていたが、あるところまで来たところで突然、

「ふ」

にいっと笑って目をつむった。

「……〈我が歩《ほ》は陽炎《かげろう》の如《ごと》く、触れることあたわず〉」

口の中で呪文《じゅもん》を唱《とな》える。すると彼の輪郭《りんかく》がふわっと薄くなって、いつの間にか五メートルほど先に身体《からだ》が転移している。

そして。

「や！」

「た！」

半瞬《はん》遅れていまりとさよかの二人の犬神《いぬかみ》が先ほど赤道斉が立っていた場所に攻撃《こうげき》を仕掛《しか》けていた。彼女らは廊下の天井《てんじょう》に張りついてじっと機会をうかがっていたのだ。

しかし、完全にそれは空振《からぶ》り。

「うわ〰〰〰！」

「にゃ〰〰〰！」

二人は奇襲《きしゅう》が失敗したと見るやいきなり背を向け、逃げ出す。そのまま高速で床ぎりぎりを飛行し、廊下の先の部屋に逃げ込んだ。赤道斉はじっと半目で彼女らが飛び込んでいった部屋を見つめ、

「誘《さそ》いか……乗るべきか、乗らざるべきか」

笑う。

「ま、これもまた余興《よきよう》。行ってみるか」

そしてゆるゆると歩みを再開させ、いまりとさよかの後《あと》を追った。


「やるじゃん、紅娘《べにむすめ》！」

「お褒《ほ》めにあずかり恐縮《きようしゆく》ですわ、大妖狐《だいようこ》！」

せんだんが叫びながら高速で向かっていく。大妖狐がそちらに向き直ると彼女は急ブレーキ。

代わりに、

「やあ！」

背後から迫っていたたゆねが大妖狐の風船を狙《ねら》う。

「お～と！」

大妖狐は笑いながら急浮上。そこへ、

「はあ！」

ごきょうや、フラノ、てんそうが三人がかりで急接近。見事な連携《れんけい》で次々に風船を打ち割ろうと試みるが、

「まだまだ！」

大妖狐《たいようこ》はくねくねと身をくねらせ、笑いながらその包囲網《ほういもう》を突破《とっぱ》した。

「その程度じゃ、まだまだやられてやれね〜な！」

ついでに行きがけの駄賃《だちん》とばかりにそばにいたいぐさの風船に手を伸ばす。

「させません！」

それをせんだんが体当たりでブロック。どんと跳《は》ね飛《と》ばされた大妖狐は、

「とと っ！」

空中でたたらを踏んで堪《こら》えた。

「あはは、面白《おもしろ》いな、紅娘《べにむすめ》！　楽しいな、お前ら！」

彼は手を振るう。

本当に楽しくて仕方ないようだった。感じ的に子供の鬼ごっこに付き合っているオトナのような表情である。

それに対してせんだんたちは割《わり》と息を切らしている。さすが天下無双《てんかむそう》の大妖怪《かい》である。術も全《まった》く使用していないし、力の一割も出していないだろうに完全に彼女らが翻弄《ほんろう》されている。

だが。

せんだんは思い出していた。

〝せんだん。大妖狐はね、犬神《いぬかみ》が犬神使いによって指揮《しき》されることによって強くなることを知っている。だからこそ僕が現場にいなければ必ず〟

と、川平薫《かわひらかおる》は言っていた。

〝そこに隙《すき》が出来《でき》る〟

せんだんは密《ひそ》かに仲間たちへ目配《めくば》せをした。

赤道斉《せきどうさい》はその少し広めの部屋にすっと入っていった。暗がり。部屋の反対側に川平薫といまり、さよかの二人の犬神《いぬかみ》がいることに気がつく。

「おや？　総大将《そうだいしょう》、自らお出ましか？」

薫は胸元に手を当て、一礼し、

「ええ、あなたのお相手は直接この僕が」

微笑《ほほえ》む。赤道斉はふと気がつく。

この部屋。

床一面《ゆかいちめん》に砂が敷《し》き詰《つ》められている。

それに川平薫、いまり、さよかは開《あ》け放《はな》たれた窓のそばに立っていた。

「しま」

と、叫んだときにはもう遅かった。いまり、さよか、川平薫が勢いよく窓から外に飛び出た瞬間《しゅんかん》、高らかな声が響き渡った。

「東山真君《とうさんしんくん》の名において告《つ》ぐ！　大気よ、シンフォニーを奏《かな》でよ！」

一方、森の中ではいつの間にかせんだん、いぐさ、たゆね、ごきょうや、てんそうは大妖狐《だいようこ》を中心に彼を囲むようにして円を描いていた。

せんだんが叫ぶ。

「大妖狐、お覚悟《かくご》！」

その瞬間、少女たちが一斉《いっせい》に右手の人差し指を天高く突き上げた。

「破邪走行発露《はじゃそうこうはつろ》×五！　煉獄《れんごく》」

川平薫《かわひらかおる》が起こした竜巻《たつまき》はとてつもない力を持って室内を吹き荒れる。それは床に敷《し》き詰《つ》められた砂を巻き上げ、回転させ、赤道斉《せきどうさい》を打ちつけた。

「ぐ、ぬ！」

赤道斉は片手を上げて顔を庇《かば》った。

たかが砂嵐《すなあらし》。彼にとってはどうということもない。

だが。

「く、は！」

彼が腰元《こしもと》に結《ゆ》わえていた脆弱《ぜいじゃく》な風船はひとたまりもなかった。無数の砂のつぶてに打ち当てられ、ぱんと破裂音《はれつおん》を立てて飛散《ひさん》する。

「やる、な。川平薫」

全《すべ》ての突風《とっぷう》が止むのを見届けてから赤道斉がにやりと笑った。

「我の負けだ」

窓の外からひょいっと顔を覗《のぞ》かせた川平薫が挨拶《あいさつ》してみせる。

「あなたを最初に倒せて良かったですよ」

川平薫にとってそれは本音だった。


「!?」

一方、大妖狐《だいようこ》は驚いていた。まさか少女たちがここで最大の必殺技《ひっさつわざ》を放《はな》ってくるとは思わなかった。正直なところ川平薫という主人がこの場にいないことで完全に少女たちを侮《あなど》っていたのだ。だが、彼女らはこちらに攻撃《こうげき》をしつつ、牽制《けんせい》を加えつつ、巧妙《こうみょう》にこの陣形《じんけい》を取っていた。完璧なタイミングである。

「あち、あちち!」

青白い炎が一瞬《いっしゅん》で大妖狐を押し包み、一気《いっき》に焼《や》き尽《つ》くす。

もちろん、大妖狐にとってはこの程度の炎は全《まった》くどういうこともない。以前は薫の最大の奥義《おうぎ》となでしこを除く他の全ての少女たちが揃《そろ》った〝煉獄〟のコンビネーションをまともに喰《く》らってけろっとしていたのだ。

せいぜい人間が少し熱めなサウナに入った程度である。

だが。

彼が腰元《こしもと》に結《ゆ》わえていた風船はそうはいかない。

「あ〜！」

と、大妖狐《だいようこ》が声を上げた時には。

ぱん！

それは見事《みごと》に破裂《はれつ》していた……。


「あの……」

と、全《すべ》てが終わってせんだんが相手の機嫌《きげん》を窺《うかが》うように大妖狐に近づく。

「申《もう》し訳《わけ》ありませんでしたわ、大妖狐。幾《いく》ら戦いの場とはいえあのような大技《おおわざ》を使用してしまって。でも、信じてくださいね？　我々はこの五名程度だとあなたの身体《からだ》には傷一つ負わすことが出来《でき》ないと確信した上で技を放《はな》ちましたので」

すると大妖狐はにっと笑ってせんだんの頭をくしゃくしゃ撫《な》でた。

「分かってるって。気にするな！」

軽くウインクする。

「楽しかったぜ、せんだん」

せんだんの顔がリンゴよりも真っ赤になった。

その横で少女たちが、

「お〜お！」

「暑いですな〜。ひょっとしてさっきの〝煉獄《れんごく》〟より暑いんじゃないでしょうか？」

口笛とヤジを飛ばす。せんだんがかあっとなって、

「お、お黙《だま》りなさい！　あなた方《がた》！」

少女たちがどっと笑った。


川平薫《かわひらかおる》の軍勢《ぐんぜい》が赤道斉《せきどうさい》、大妖狐を仕留《しと》め終わったちょうどその頃《ころ》、薫邸《てい》の壁沿いを歩いていた新堂《しんどう》ケイは背後のドクトルから声をかけられていた。

「あなたも」

いささか感心したように、

「随分《ずいぶん》と行動的な方ですな〜」

新堂ケイはちろっと振り向いた。

むっとヘンタイ紳士を睨《にら》んでいる。

「……それってどういう意味？」

ドクトルは半分苦笑《くしょう》、半分微笑で答える。

「そのままですよ。割《わり》としんどい道のりでしょうに。そうやってどこまでも信じた方向へ真っ直ぐに突き進む。すごく」

うんうん頷《うなず》く。

「前向きな方《かた》だ」

新堂ケイは鼻を鳴らす。

「私はね！〝生きる〟って決めたの！あの時からね！啓太《けいた》くんに助けられたあの時からただもう黙《だま》って運命を甘受《かんじゅ》する人生は止めたの！運命は自分で掴《つか》むし、自分でねじ変える。だから、少なくても啓太くんが高校を卒業するまでは絶対に諦《あきら》めない！」

ぐっと拳《こぶし》を握った。

すると。

「お～！」

「俺たちは誰《だれ》がなんと言おうとあんたの味方だぞ！」

「僕らの女王様、ばんざ～い！」

背後からヘンタイたちの暖かい拍手と声援《せいえん》が湧《わ》き起《お》こる。

「やかましい！あんただちの応援はいらないわよ！」

新堂ケイが叫んだ。

ドクトルは今度は本当に微笑《ほほえ》んだ。

「……あの」

　と、川平《かわひら》カオルはちょっとの沈黙《ちんもく》の後《あと》、なでしこに問いかけた。実はそろそろ移動して、本格的に戦いに入りたいのだが、なでしこ、というイレギュラー要因《よういん》が肝心要《かんじんかなめ》の啓太のそばにずっとついているのでどうにも行動に移せないのだ。

　従ってここはどうしてもなでしこの真意を問う必要があった。

「あなたは」

　と、カオルが何か言いかけた時。

「あ～！」

　ともはねが突然、叫んだ。

「あのあのですね！　あたし、これ啓太様にお渡しするのすっかり忘れてました！」

　いきなりポケットから何か手紙のようなモノを取り出すと啓太に差し出した。啓太は、

「？」

　と、怪訝《けげん》そうな顔をしてそれを受け取る。

「なに、これ？」

「薫《かおる》様からですよ～。啓太さんに渡してくれって仰《おっしゃ》ってました」

　啓太は不思議《ふしぎ》そうな顔をしながら封《ふう》を破《やぶ》り、中の便箋《びんせん》に目を走らせる。とたん、彼の表情が

変わった。

「ん、な！」

彼は椅子《いす》から立ち上がった。

「ど、どういうことだよ、あいつ⁉」

ようこが驚いたように、

「ど、どうしたの、ケイタ？　なに書いてあったの？」

啓太《けいた》はようこの声が耳に入らないようで、

「ったく、今になって……なんのつもりだ？」

ぶつぶつと何事か呟《つぶや》いている。ようこが焦《じ》れて、

「ねえ～、ケイタったら！」

と、彼の服の裾《すそ》を引っ張ったところで。

「川平《かわひら》啓太！　覚悟《かくご》！」

ばんと扉《とびら》が開《あ》け放《はな》たれて、仮名《かりな》史郎《しろう》が食堂に乱入してきた。

同時刻、川平薫《かおる》の元にはせんだん以下、なでしことともはねを除《のぞ》く全《すべ》ての犬神《いぬかみ》たちが集まっている。

彼は再び斥候《せっこう》に出ていたいまり、さよかのそれぞれの報告を聞いていた。

「なるほど……」

啓太側では大妖狐《だいようこ》、赤道斉《せきどうさい》がリタイヤし、こちら側は犬神《いぬかみ》と人間の霊能者《れいのうしゃ》のかなりの数が風船を割られていた。

残っている犬神や霊能者は全《すべ》て仮名史郎《かりなしろう》が吸収して一軍《いちぐん》を形成しているようだ。つまり現存する戦力は薫側では薫、せんだん、たゆね、ごきょうや、てんそう、フラノ、いまり、さよか。それに仮名史郎以下の霊能者、犬神混成軍《こんせいぐん》。

啓太側では新堂《しんどう》ケイが率《ひき》いるヘンタイ集団と、どこにいるのかようと知れない動物三匹。それに啓太、ようこ、なでしこ、ともはね、カオル。

大体、拮抗《きっこう》した戦力になっている。

「では、そろそろ動こうか。ここからが本番だね！」

薫が嬉《うれ》しそうに皆を見渡した。

「はい！」

と、少女たちが声を揃《そろ》えて元気よく手を上げる。

「おおおおおおおおおおおおおお！」

仮名史郎を先頭に犬神や人間の霊能者たちが四十名ばかり雪崩《なだ》れ込《こ》んでくる。仮名史郎はメリケンサックのようなモノを手にはめると、

「エンジェルブレイド！」

ひゅんとその先に光の刃《やいば》を作り出した。

「はあ！」

思いっきり啓太《けいた》めがけて水平に振るう。

「はわわわわわわ！」

反射的にしゃがみ込んでそれを避ける啓太。

「まだまだ～！　たあ！」

と、振り下ろしてきたのを、

「く！　この！」

座っていた椅子《いす》を持ち上げてがちんと食い止める。

仮名《かりな》史郎《しろう》はエンジェルブレイド。

啓太は椅子。

それぞれエモノを押し合いながら、

「ぐぬぬぬぬ！」

「あ、あんた俺を殺す気か!?」

その一方でようこたちは犬神《いぬかみ》や霊能者《れいのうしゃ》たちを相手に各個《かっこ》で乱戦を繰り広げていた。ようこは踊るようにテーブルの上を飛び跳《とは》ねながら、ともはねはちょこまかと動き回りながら、なでしこはすうっと死角に隠《かく》れて、そして驚いたことにカオルが素早《すばや》い身のこなしで、同時に複数の敵と渡り合っていた。

彼女は本格的に犬神使いとしての修行《しゅぎょう》を始めているのだった。先日の川平家《かわひらけ》の集会に参加できなかったのもそのためである。

しかし、いかに少女たちが卓越《たくえつ》した運動能力を持っていても数では圧倒的に分《ぶ》が悪い。これは純然《じゅんぜん》たる力比《ちからくら》べではなく、あくまで風船を割るのが目的なのだ。

複数から包囲されればそれだけ不利になっていく。

そして啓太は啓太で、

「私はここで因縁《いんねん》をた————っ！」

と、叫んでいる仮名史郎を相手に苦戦していた。

「ぐ！　うわ！」

啓太がずるっと滑《すべ》って尻餅《しりもち》をつく。仮名史郎が笑って、

「川平啓太！　覚悟《かくご》！」

と、剣を振り上げる。啓太が突っ込む。

「おい！　風船！　風船！　風船割るのが目的だって！」

と、そこへ。

「ふんはあああああああああああああ！」

横合いから数名マッチョな人たちが現れて、仮名史郎《かりなしろう》を一気に突き飛ばした。

「ぐは！」

ごろごろと転がって壁《かべ》に打《う》ち据《す》えられる仮名史郎。高らかに響く声。

「間に合った！　来たわよ、啓太《けいた》くん！」

乱戦をかいくぐって新堂《しんどう》ケイが現れる。彼女は男前《おとこまえ》な動作で尻餅《しりもち》をついて腰《こし》を落としている啓太をぐいっと引っ張り上げるとにこっと笑って、

「さ、ここは私たちに任《まか》せて。啓太くんは相手の大将《たいしょう》を狙《ねら》いにいって！」

「え、でも……」

「大丈夫！　ほら！」

見れば何時《いつ》の間にやらどこから現れたのかヘンタイ集団たちが犬神《いぬかみ》、霊能者《れいのうしゃ》集団と互角《ごかく》に戦いを演じていた。互いに牽制《けんせい》しあい、風船を割り合う。

「ふんは！　ふんは！」

息を荒げたマッチョ数名に囲まれた仮名史郎が叫んでいた。

「ぐわあああああ！　私の因縁《いんねん》が！　私の因縁が！」

「ほら、早く！」

というケイの声に啓太は覚悟を決める。

「分かった！　頼むぜ、ケイ！　恩に着る！」

にっと笑って親指を立てる。新堂ケイも立て返す。

「なら」

ちょっと赤くなって。

少しはにかんで。

でも、冗談めかして。

「今度デートでもつれてってよ、啓太くん！」

啓太は笑った。

「あいよ！ 俺でよければ！」

そのまま彼は出口へと真っ直ぐ駆けていく。ようこがすごく複雑そうな顔で新堂ケイと啓太の背中を見つめたが、結局なんにも言わず啓太の後《あと》を追いかけた。それにともはね、カオル、なでしこが続く。

新堂ケイは少しぽやっとした表情でそれを見送っていたが、

「〝俺でよければ〟、か……う～し！」

ぐっと拳《こぶし》を握って叫んだ。ぶるっと身震《みぶる》い。

「なんか元気で出てきた！ あんたたちやるわよ～！」

その女王の檄《げき》にヘンタイたちが呼応《こおう》する。

「おう！」

「負けるな！　諸君！」

仮名史郎《かりなしろう》も雄叫《おたけ》びを上げ、再び相手を迎《むか》え撃《う》った。

食堂は混戦模様《こんせんもよう》を極《きわ》める。

啓太《けいた》たちは食堂から出たところで遭遇《そうぐう》する。森の端《はし》からざっざっとまるで西部劇の一シーンのように横一列《よこいちれつ》に並んで行進してくる薫《かおる》の軍団《ぐんだん》。

「お、なんか決戦ぽいね」

と、啓太が笑い、

「みんな。楽しもう」

と、薫が自分の犬神《いぬかみ》たちに声をかけた。

両集団はそれぞれ二十メートルほどの距離を置いて対峙《たいじ》した。緊迫感《きんぱくかん》以上にわくわくした感じに包まれた睨《にら》み合《あ》いだった。

そこからちょっと離れた場所でいつの間にかテーブルと椅子《いす》が用意されていて、川平榧《かやの》、リタイヤした赤道斉《せきどうさい》、大妖狐《だいようこ》が並んで座っていた。

ご丁寧《ていねい》に机の上に『解説者席』と書かれたプレートが載《の》っている。

その三名の後ろからはけがお茶を給仕していた。

「なあ、婆《ばあ》ちゃん。どっちだと思う？」

と、ぼりぼりせんべいを食べながら大妖狐。川平榧は首を傾《かし》げ、

「一対一だと風を使える分、薫の方が優位じゃが……はて」

「興味深い対決だな」

赤道斉が胡乱《うろん》な眼《まなこ》をにんまり細めた。

そんな注目が集まる中で、啓太は少し怒ったように薫に声をかけていた。

「おい！　薫！　あれ、あの手紙一体どういうつもりだよ!?」

手紙？

と、少女たちが怪訝《けげん》そうに囁《ささや》き合《あ》う中、薫は涼《すず》しい表情で、

「どういうつもりもなにも……まさにあそこに書いてある通りですよ」

「てんめ！　じゃあ、最初から」

薫はふふっと笑った。

「だって、そうでも言わなければ啓太さん、勝負すら受けてくれなかったから。分かるでしょう？　あなたがイヤなモノは僕だってイヤなのです」

「分かった」

啓太《けいた》も不敵《ふてき》に笑った。

「要するに」

ぐっと拳《こぶし》を目の前に突き出す。

「これで白黒つけよってことか？」

「その通りです」

薫《かおる》が大きく頷《うなず》く。両者、天賦《てんぷ》の才能を持つ犬神使《いぬかみつか》い同士。

従兄弟《いとこ》同士。

ライバル同士。

決着の瞬間《しゅんかん》を迎えようとしていた。


一方、啓太と薫が言葉を交《か》わし合《あ》っているさなかようこもなでしこを小声で問《と》い詰《つ》めていた。

「あんたさ」

と、疑い深い目でなでしこを見つめ、

「……一体、なんのつもりで啓太側についてるの？　ことと次第《しだい》によっちゃあ」

と、声を低くする。

途中で裏切《うらぎ》って啓太を攻撃《こうげき》するようなら容赦《ようしゃ》はしない、とそうようこは言っているのだ。それに対してなでしこはにこっと微笑《ほほえ》んだ。

「ようこさんこそ一体、なんのつもりで啓太様側についてるんですか？」

その問いにようこはきょとんとする。

「え？　なんのつもりって……それは。え？　どういうこと？」

なでしこはふっと溜息《ためいき》をついた。やれやれとばかりに、

「いいですか？　川平《かわひら》の宗家《そうけ》になるということは今まで以上に負担や重圧がかかる訳《わけ》ですよ？　お忙しくなる訳だし、公的な行事も行わなければいけない。それはつまり」

と、共犯者を見るような上目《うわめ》遣《づか》いでようこを見る。

少し赤くなり。

彼女の耳元でもじもじそっと囁《ささや》く。

「一緒《いっしょ》にいられる時間がそれだけ短くなるということです」

「！」

ようこは全《まった》くそんなこと考えたこともなかった。

「なでしこ～？」

感心したようになでしこを見やる。なでしこはくすっと笑った。

本当に彼女の言うとおりだった。

「うし、じゃあ、そろそろ始めるか！」

と、啓太《けいた》が声を上げたところで背後から、

「ケイタ！　やっぱりわたし薫側《かおるがわ》につく！」

あっけらかんとようこが声を張り上げて、すたたたっと薫の方《ほう》に駆けていってしまった。啓太ずるっとずっこける。

「はあ？」

「だってさ。そんな偉《えら》い立場になったらケイタ、もっともっと浮気しそうだし♪」

そんな言葉に啓太はへにゃとなる。なんか力が抜けた。薫はなでしこの方をやれやれ、という苦笑《くしょう》で見つめていてなでしこはにこっと薫の方を見て微笑《ほほえ》んだ。〝こればかりは私の思うとおりにさせてくださいね、薫様？〟となでしこは目でそう言っていた。

　さらに、

「じゃ、じゃあ、ボクが！」

今度は薫陣営《じんえい》から手を上げる者がいて、彼女はようことすれ違《ちが》う過程で風船を交換《こうかん》し合《あ》い啓太の方にすたたたっと駆けていった。

　えへっと啓太を恥ずかしそうに見つめるたゆね。

　ムッとしているようこ。

　これで啓太の方はたゆね、なでしこ、ともはね、カオルの四名。

　薫の方はせんだん、いぐさ、ごきょうや、てんそう、フラノ、いまり、さよか。それにようこの計九名。

「……数では若干不利《じゃっかんふり》か。ようこが向こうに行ったのはちょっとまずかったな」

と、啓太がぼそっと呟《つぶや》いたその時。

「えへへ」

ともはねが手を上げた。

「そろそろ、お薬が効《き》いてくる頃《ころ》かな？」

むくむくむく。

彼女がどんどんと大きくなっていく。

「うわ！」

啓太、薫陣営《じんえい》両方驚いている。ともはねが完全にオトナ化した。ともはねは裾《すそ》が短くなったショートパンツとお腹《なか》の出たシャツという姿《すがた》で、

「啓太さま、これなら互角《ごかく》でしょ？」

腰元《こしもと》と頭に手を当てるポーズを取ってみせる。軽くウインク。

啓太は笑った。

「これなら勝てるさ」

少しだけ日が陰《かげ》り始めたその時。

啓太《けいた》と。

薫《かおる》が呼吸を合わせ。

「んじゃ」

「行きましょうか!?」

両軍は一気《いっき》に激突《げきとつ》した。


まず先手を打って出たのはたゆねだった。彼女は高速で突っ込み、真っ直ぐに薫陣営《じんえい》を目指す。それを迎《むか》え撃《う》ったのが、

「あなたの相手は私たちがします！」

せんだん、いぐさ、いまり、さよか。

まずせんだんがふっと爪を走らせ、たゆねの風船を狙《ねら》う。

「へへ！　当たらないよ！」

くねっとまるでフェレットのように空中で身をくねらせ、たゆねがそれを避ける。そこへ、

「えい！」

「やあ！」

いまりとさよかが同時攻撃《こうげき》。

たゆねは、

「おっと！」

ぴょんと垂直に飛ぶ。待ちかまえていたいぐさと目があった。

「……」

「……」

二人はなぜか同時に笑った。

「行くよ、いぐさ！」

「負けないから、たゆね！」

そして高速バトルが繰り広げられる。

一方、完全なる一対一（タイマン）を演じているのはようことなでしこである。彼女らは超《ちょう》上空《じょうくう》まで一気に上がって、

「じゃえん！」

「ふみなの炎！」

ほぼ制限無しで戦い合っていた。

彼女らは若干《じゃっかん》、他とレベルが異なるためにそういう選択肢《せんたくし》を取ったのだ。ようこも。

そしてなでしこも実に楽しそうに戦っている。

「やるね、なでしこ！」

「ようこさん」

なでしこはもうかつての戦闘狂《せんとうきょう》ではない。

戦いに没我《ぼつが》することも、高揚感《こうようかん》に飲み込まれることもない。

「あなたと出会えて良かった！」

純然《じゅんぜん》たる喜びが彼女を支配していた。多分もう。

どっちも。

啓太《けいた》が宗家《そうけ》だろうと、薫《かおる》が宗家だろうと構《かま》わないのかも知れない。いかなることがあっても
どんな苦難があってもただついていくだけなのだから。

そして啓太と薫は、

「ともはね！　上！　カオル、横から回り込め！」

「ごきょうや、少し下がって！　フラノ、てんそう！　側面援護《そくめんえんご》！」

啓太がともはねとカオル。

薫がごきょうや、てんそう、フラノを自在に指示してぶつかり合う。啓太は、

「おい！　こんなのはありかよ！」

ふっと懐《ふところ》からカエルの消しゴムを取り出し、

「戦蛙《せんあ》よ！　破激《はげき》せよ！」

薫《かおる》はすぐさま啓太《けいた》の意図《いと》を悟《さと》って、

「大気よ！　シンフォニーを奏《かな》でよ！」

持っていた銀のタクトを振るう。

ぶつかり合う蛙《かえる》の炎と吹き荒れる突風《とっぷう》。

両方弾《はじ》けて飛んで、全くの互角《ごかく》。

「へへへ、薫！　やっぱお前、楽しい奴だな！」

啓太は心の底から嬉《うれ》しそうにそう言う。

「……」

薫は無言で優しく目を細めた。


啓太さんは。

やっぱり。

それを解説席で見ている川平榧《かわひらかやの》、大妖狐《だいようこ》、赤道斉《せきどうさい》の面々。

「まあ、互角かな？」

と、大妖狐。

「……若干《じゃっかん》、川平薫勢《ぜい》が押してるぞ。数の分だけ」

「う〜む」

と、川平榧は腕を組んだ。

「楽しそうじゃの。わしも混《ま》ざりたいくらいじゃわい」

後ろではけが苦笑《くしょう》していた。


そして幾許《いくばく》かの時間が過ぎて。

まずたゆねがいまり、さよかを猛スピードで翻弄《ほんろう》して彼女らの風船を割ることに成功する。

だが、その隙《すき》になんと薫の犬神《いぬかみ》ではもっとも身体《からだ》を動かすことが不得手《ふえて》ないぐさがたゆねの風船を割ってしまった。

「あ、やっられた〜！」

と、悔《くや》しそうに顔を覆《おお》うたゆね。

「やった！　やった！」

と、飛び跳《と》《は》ねているいぐさ。しかし、完全にそのことに気を取られていたので、

「いぐさ！　後ろ！」

と、せんだんが警告《けいこく》した時にはもう遅く、いつの間にかこちらに参戦していたカオルにあっさりと風船を割られてしまう。

せんだんは、

「カオル様！　加減《かげん》はしませんわよ！」

「存分《ぞんぶん》においで、せんだん！」

二人とも笑いながらぶつかり合う。人間を超えた犬神《いぬかみ》の動きに敏速《びんそく》に対応していくカオル。跳《は》ね飛《と》び、避け、駆け、飛び上がる。

互いに術を使わないからこそ、互角《ごかく》にやり合える。ただ互いの風船を割り合うという簡単なルールなのに実に楽しい。

ほとんど同じ頃《ころ》、ようことなでしこが、

「えい！」

「そこ！」

超上空《ちょうじょうくう》で互いの風船を同時に割り合って、相打《あいう》ち。

「うふふふ」

「や〜！　ともはねちゃん、早すぎます！」

「……信じられない」

超高速で飛行するともはねに徐々についていけなくなり、フラノ、てんそうが次々と風船を割られてしまった。

だが。

「まだ！」

そこはオトナの貫禄《かんろく》。鉄壁《てっぺき》の防御《ぼうぎょ》に徹《てつ》したごきょうやがほんのわずかな間隙《かんげき》をついてともはねの風船を割り返した。

「あ〜、ごきょうやのバカ〜！」

ともはね、ちょっと涙目。そしてその頃、せんだんとカオルの間でも決着がつく。やはりどうしても底力《そこぢから》の差でせんだんがカオルの風船を割ってしまった。しかし、カオルもせんだんも屈託《くったく》なく、

「さすが」

「川平《かわひら》の犬神としてとても頼もしいですわ。人間で私たちの身のこなしと対等に戦うんですもの」

握手を交《か》わし合《あ》う。これで啓太《けいた》側《がわ》の味方はゼロ。

一方、薫《かおる》側にはまだせんだんとごきょうやが残っている。これで勝負は決まったかに見えた、その時。

「え〜い！」

「やるっす！」

「くけえ〜！」

今の今までずっと物陰《ものかげ》に隠《かく》れて機を窺《うかが》っていた動物三匹が見事《みごと》に躍《おど》り出《で》てきて、せんだんと

ごきょうやの風船を割ってしまう。

啞然《あぜん》としているせんだん、ごきょうや。

上空から降りてきたようこが大笑いしていて、なでしこがくすくすと笑っていた。

いつの間にか啓太《けいた》と薫《かおる》の周《まわ》りには人垣《ひとがき》が出来《でき》ている。食堂で戦っていた仮名《かりな》史郎《しろう》や新堂《しんどう》ケイたち。犬神《いぬかみ》、霊能者《れいのうしゃ》、ヘンタイたち。薫の犬神、せんだん、いぐさ、たゆね、ごきょうや、てんそう、フラノ、いまり、さよか、ともはね。そしてなでしこ。

ようこ。

さらに川平榧《かわひらかやの》や赤道斉《せきどうさい》、大妖狐《だいようこ》まで立ち上がって勝負の行《ゆ》く末《すえ》を見届けようとした。猫の留《とめ》吉《きち》が一拍《いっぱく》呼吸を置いた啓太を見上げて言う。

「啓太さん」

微笑《ほほえ》む。

「僕たち、まだ風船ありますけど、もう後はお任《まか》せしますから」

「さんきゅ」

啓太はぽんぽんと留吉の頭を撫《な》でた。優しい表情。留吉は目を細め、

「……」

恭《うやうや》しく一礼して狸《たぬき》と河童《かっぱ》と共に後ろに下がる。啓太は薫を見つめた。

「さ」

薫は啓太を見つめた。

「決着」

「つけようか？」

そして二人は。

真っ直ぐ。

ただ真っ直ぐ全力で互いに駆け寄って。

そして。

決着が……。

エピローグ

二人だけが語る夜

喧噪《けんそう》。川平本家《かわひらほんけ》のあちらこちらで、歌い声やら、騒ぐ声が聞こえる。正式に川平家の次代の宗《そう》家が決まって、その祝いに大勢の人々が集まっていた。

暗がり。

川平本家から街に向かう道。

その森の中を真っ直ぐに突っ切る道を今、二人の少年が並んで歩いていた。

「なあ」

と、川平啓太《けいた》が声を発した。

「お前さ、ど~でもいいけど下の名前なんていうの？　いや、なんかみんなもうすっかり馴染《なじ》んでるけど考えてみたら妹の名前なんだよな、それ」

川平薫《かおる》がくすっと笑った。

「僕は別にもう薫でいいんですけどね」

「ま、それで慣れたし、それでもいいのかな？」

「ヒント」

「え？」

「僕は初代から一字貰《もら》ってるんです。かおる、と似《に》た音ですよ」

啓太はちょっと考える。

それから、

「あ～」

と、声を上げた。なんとなく頭の中で想像がついた。それが合ってる保証はないけれど。なんとなくそれでいい気もする。ふと薫が真面目《まじめ》な声を出す。

「ねえ、啓太さん。僕」

逆に啓太は陽気な声を張り上げた。

「全《まった》く。はめてくれたよな、お前は」

薫は最初に告《つ》げたのだ。芝居《しばい》をしようと。僕が宗家を引き受けますから、啓太さんは最後、僕に負けたふりをしてください、と。

そうすればみんな抵抗《ていこう》なく僕を宗家として承認《しょうにん》するでしょう、と。

ところが途中でともはねが渡した手紙の中には、

〝あれは嘘《うそ》です。僕だってめんどくさいことはやだ。僕らの間の取り決めとして、負けた方《ほう》が宗家を引き受ける。そうしませんか？〟

と、書いてあったのだ。

お陰《かげ》で啓太は本気を出すはめになった。薫は微笑《ほほえ》んだ。

「あのね、ずっと迷っていたんですよ。あなたは果たして宗家にふさわしいのかってね。ううん、違《ちが》う。たかだが川平の宗家にあなたを留《とど》めておいてもいいのかなって」

「薫……」

「だから、どうしても本気のあなたと戦ってみたかったたし、知りたかった。あなたのことを……もっと」

「で、結論が出た訳《わけ》か？」

「はい」

薫《かおる》は楽しそうに言う。

「やっぱりあなたをここに留《とど》めておいちゃ、いけないって。そう思いました」

「俺、さ。なんかありがたいんだよね。帰るところ、あるの」

啓太《けいた》はちょっと照れくさそうだった。

「だから」

薫に向かって手を差し出した。

「ありがとな、薫」

「こちらこそ、啓太さん」

月光の下で少年二人は固く握手する。

あの時の勝負は全《まつた》くの互角《ごかく》だった。相打《あいう》ち。だが。

少年たちは自分たちで決めたのだ。

「俺は外に出る」

「僕は内を守る」

と、そう。

「行ってくるよ、薫！」

「行ってらっしゃい、啓太さん！」

そして二人はくるっと背を向けると、真っ直ぐに前に向かって歩き出した。薫が行く先にはなでしこが立って待っている。

薫を。

新たな宗家《そうけ》を微笑《ほほえ》んで待っている。いかなることがあっても薫を信じ抜く瞳《ひとみ》。そして啓太が行く先にはスクーターが止まっていて、その上にヘルメットを被《かぶ》ったようこが待っている。どんな時でも彼と共にいようとする笑顔。

彼と彼女は。

啓太とようこはこれから広い世界に出て行こうとしている。

「まずは受験に受かんなきゃだけどな……」

「がんば♪」

あとがき

どうもお久しぶりです、有沢《ありさわ》です。

『いぬかみっ!EX　わんわん!!』如何《いかが》だったでしょうか?

番外編というより、後日談みたいなものがどうしても書いてみたくて、こういう形になりました。十四巻以降のとある一幕です。

これで啓太《けいた》とようこの話は自分なりにきちんと一区切りをつけることが出来《でき》ました。

なんだかちょっとほっとしています。

お付き合いいただいた全《すべ》ての読者の方々に御礼《おんれい》を申し上げます!

ただ、啓太とようこにはこれからしばらくお休みをいただきますが、『いぬかみっ!』の世界観(?)はまだまだ展開してきます。

思えば。

子供の頃から妖怪《ようかい》とか霊能者《れいのうしゃ》とかそんなのが大好きでした。ドタバタラブコメが大好きで、可愛《かわい》い女の子のちょっとエッチなシーンと、決める時は決めるそんな主人公が大好きでした。

『いぬかみっ!』には自分の大好きがめいっぱい詰《つ》まっていたと思います。第一巻を書いてから……約七年。本当に楽しかったし、幸せでした。

この『いぬかみっ！』の大好きは現在刊行中の『ラッキーチャンス！』というシリーズに移行して続いています。

なので、もし興味が出たらお手にとって見て貰《もら》えると嬉《うれ》しいです。

それとももう読んで貰えてるのかな？

また何かでお会いできましたら！


恒例ですが、担当さんと忙しいスケジュールを縫《ぬ》って描いてくださった松沢《まつざわ》さんに心よりの御礼を。

もっともっと面白《おもしろ》いモノを書いていきたいと思います。

有沢まみず

■■あとがき■■

お久しぶりの人もそうでない人も、こんにちは。
今回、イラストを担当させて頂きました松沢まりというものです。

『いぬかみっ！』のコミック版終了から半年以上、時が流れました。
久しぶりに啓太やようこ達を描いたら、細かなディティールをポツポツ忘れてしまっていて
あんなに何年も描き続けてきたキャラクター達だったのに、
たったの数ヶ月で描くのが危うくなるなんてちょと、驚きです。

これは、あれですかね。
『語学は使わないと忘れる』

これと似た状態なんじゃないのでしょうか。

というか、たったの数ヶ月で忘れかける自分が怖いですね。

それは置いておきまして、今回のお話の季節は夏。
そう、夏だというのに口絵と目次はクリスマス使用です。
発刊シーズンに合わせてみた訳です。
んがっ！
季節を過ぎた後に読まれた読者さんは
「なぜクリスマスツリー？」と思うのでしょう。

あ、でもここ読めばわかりますね。

さて、久しぶりの『いぬかみっ！』のお仕事でしたが、
楽しくそしてしみじみとイラストを描かせて頂きました。
まるで遠くに旅行に行っていて実家に久しぶりに帰ってきたような。
そんな気分でしみじみと。

ではでは。
またどこかでお会いできることを期待して。

ありがとうございました。

松沢まり

ps.

※コミック版『いぬかみ！』も、１巻から６巻まで発売中。ですよ。
まだ読んだことの無い方はぜひ読んでみて下さいませませ。
ふへほ 。

◉有沢まみず著作リスト

「インフィニティ・ゼロ　冬〜white snow」（電撃文庫）
「インフィニティ・ゼロ②　春〜white blossom」（同）
「インフィニティ・ゼロ③　夏〜white moon」（同）
「インフィニティ・ゼロ④　秋〜darkness pure」（同）
「いぬかみっ！」（同）
「いぬかみっ！2」（同）

「いぬかみっ！3」（同）
「いぬかみっ！4」（同）
「いぬかみっ！5」（同）
「いぬかみっ！6」（同）
「いぬかみっ！7」（同）
「いぬかみっ！8　川平家のいちばん長い一日」（同）
「いぬかみっ！9　ハッピー・ホップ・ステップ・ジャンプ！」（同）
「いぬかみっ！10」（同）
「いぬかみっ！11」（同）
「いぬかみっ！12」（同）
「いぬかみっ！13　完結編〈上〉～hop step dash～」（同）
「いぬかみっ！14　完結編〈下〉～fly high high～」（同）
「いぬかみっ！EXわん！」（同）
「ラッキーチャンス！」（同）
「ラッキーチャンス！2」（同）
「ラッキーチャンス！3」（同）
「ラッキーチャンス！4」（同）
「銀色ふわり」（同）

本書に対するご意見、ご感想をお寄せください。

■

あて先

〒160-8326 東京都新宿区西新宿4-34-7
アスキー・メディアワークス電撃文庫編集部
「有沢まみず先生」係
「松沢まり先生」係

■

電撃文庫

いぬかみっ！ EX わんわん！！

有沢《ありさわ》まみず

発行　二〇〇八年十二月十日　初版発行

発行者　髙野 潔

発行所　株式会社アスキー・メディアワークス
〒一六〇-八三二六 東京都新宿区西新宿四-三十四-七
電話〇三-六八六六-七三一一（編集）

発売元　株式会社角川グループパブリッシング
〒一〇二-八一七七 東京都千代田区富士見二-十三-三
電話〇三-三二三八-八六〇五（営業）

装丁者　荻窪裕司（META＋MANIERA）

印刷・製本　加藤製版印刷株式会社

ISBN978-4-04-867423-2 C0193

電撃文庫創刊に際して

文庫は、我が国にとどまらず、世界の書籍の流れのなかで〝小さな巨人〟としての地位を築いてきた。古今東西の名著を、廉価で手に入りやすい形で提供してきたからこそ、人は文庫を自分の師として、また青春の想い出として、語りついできたのである。

その源を、文化的にはドイツのレクラム文庫に求めるにせよ、規模の上でイギリスのペンギンブックスに求めるにせよ、いま文庫は知識人の層の多様化に従って、ますますその意義を大きくしていると言ってよい。

文庫出版の意味するものは、激動の現代のみならず将来にわたって、大きくなることはあっても、小さくなることはないだろう。

「電撃文庫」は、そのように多様化した対象に応え、歴史に耐えうる作品を収録するのはもちろん、新しい世紀を迎えるにあたって、既成の枠をこえる新鮮で強烈なアイ・オープナーたりたい。

その特異さ故に、この存在は、かつて文庫がはじめて出版世界に登場したときと、同じ戸惑いを読書人に与えるかもしれない。

しかし、〈Changing Time, Changing Publishing〉時代は変わって、出版も変わる。時を重ねるなかで、精神の糧として、心の一隅を占めるものとして、次なる文化の担い手の若者たちに確かな評価を得られると信じて、ここに「電撃文庫」を出版する。

1993年6月10日
角川歴彦

電撃文庫

いぬかみっ！
有沢まみず
イラスト／若月神無

ISBN4-8402-2264-9

かわいいけど破壊好きで嫉妬深い犬神の少女ようこと、欲望と煩悩の高校生、犬神使いの啓太が繰り広げるハイテンション・コメディ！

あ-13-4　0748

いぬかみっ！2
有沢まみず
イラスト／若月神無

ISBN4-8402-2381-5

犬神使いの高校生・啓太のもとに、新しい女の子の犬神・なでしこがやってきた。怒ったようこは早速、彼女を追い出すために行動を開始するが……。シリーズ第2弾！

あ-13-5　0794

いぬかみっ！3
有沢まみず
イラスト／若月神無

ISBN4-8402-2457-9

男の尊厳に関わる大ピンチ。この未曾有の危機に、ようこは笑いながら、なでしこは嫌がりながら、共に啓太を救うために頑張るが……。話題のコメディ第3弾！

あ-13-6　0840

いぬかみっ！4
有沢まみず
イラスト／若月神無

ISBN4-8402-2607-5

二日酔いの啓太が朝起きて見たものは、大量の魚と、そして……!!　前日の夜にいったい何があったのか!?　犯人は!?　事件の真相は!?　シリーズ第4弾！

あ-13-7　0900

いぬかみっ！5
有沢まみず
イラスト／若月神無

ISBN4-8402-2871-X

かわいくて大金持ちで、でも18歳の誕生日に死ぬ運命を背負った少女――。そんな彼女を救うために、啓太とようこは最強最悪（?）の死神と戦うことに……。

あ-13-9　1034

電撃文庫

いぬかみっ！6
有沢まみず
イラスト／若月神無

ISBN4-8402-2325-4

特命霊的捜査官・仮名史郎が追いかけている赤道斉の遺品。その最大級の物が発見された。啓太とようこは巻き込まれ、ヘンタイ一杯の異世界へ！ ハイテンション・ラブコメ第6弾！

あ-13-10　1079

いぬかみっ！7
有沢まみず
イラスト／若月神無

ISBN4-8402-3129-X

ヘンタイ魔道師・赤道斎の野望を阻止するため、啓太とようこは大奮闘!? しかも封印されていた大妖狐も復活しかけ…。ハイテンション・ラブコメ第7弾！

あ-13-11　1134

いぬかみっ！8 川平家のいちばん長い一日
有沢まみず
イラスト／若月神無

ISBN4-8402-3236-9

ついに封印を破り、ようこの父・大妖狐が復活を遂げた！ ヘンタイ魔道師・赤道斉と、ようこ、啓太、薫の犬神たちの三つ巴の壮絶な（?）戦いが始まる！

あ-13-12　1185

いぬかみっ！9 ハッピー・ホップ・ステップ・ジャンプ！
有沢まみず
イラスト／若月神無

ISBN4-8402-3396-9

何でも願いが叶う秘薬を巡り、薫の犬神たちとようこが大バトル。果たして勝者となったのは？ ますますハイテンション。全5編＋コミック1編収録！

あ-13-13　1254

いぬかみっ！10
有沢まみず
イラスト／若月神無

ISBN4-8402-3517-1

長い眠りから覚めた川平カオルと始めた新生活。でも恥ずかしがり屋の彼女はなかなか心を開いてくれない。そんな川平家に、バラバラになった薫の犬神たちが次々と帰ってくる！

あ-13-14　1302

電撃文庫

いぬかみっ！11

有沢まみず
イラスト／若月神無
ISBN4-8402-3603-8

「ずっと前からあなたのことが好きでした」――啓太のもとに届いた一通のラブレター。いったい誰が啓太に!? この手紙を巡り、熱き女たちの戦いが始まる！

あ-13-15 1341

いぬかみっ！12

有沢まみず
イラスト／若月神無
ISBN978-4-8402-3720-8

空間をつなぐ不思議な魔道具を手に入れた啓太。喜び勇んで使ってみるが、その先に待っていたのは……。そしてその頃、なでしこは!? 完結に向けていよいよ佳境！

あ-13-16 1387

いぬかみっ！13 完結編〈上〉～hop step dash～

有沢まみず
イラスト／若月神無
ISBN978-4-8402-3809-0

薫を現世に戻そうとする啓太と犬神たち。彼らの前に3人の「代償を求める神」が現れ、啓太に人生最大の試練を与える！ 果たしてその結末は!? シリーズ完結編スタート!!

あ-13-17 1419

いぬかみっ！14 完結編〈下〉～fly high high～

有沢まみず
イラスト／若月神無
ISBN978-4-8402-3862-5

「代償を求める神々」によって出されたとんでもない試練に、啓太とようこ、すべての犬神たちが総力をあげて挑む！ 「いぬかみっ！」シリーズ堂々完結!!

あ-13-18 1437

いぬかみっ！EX わん！

有沢まみず
イラスト／松沢まり
ISBN978-4-8402-3969-1

ようこを上回る破壊力、赤道時子、登場！ もし啓太に許嫁がいたら他、「いぬかみっ！」ifシリーズを始め、全9編。お祭り騒ぎの番外編！

あ-13-19 1477

電撃文庫

いぬかみっ！EXわんわん!!

有沢まみず
イラスト／松沢まり

ISBN978-4-04-867423-2

ヘンタイたちの希望の星、裸王・川平啓太が犬神のようこと共に帰ってきた！ そして、宗家に呼ばれ薫と跡継ぎ争いをすることに！ 果たして勝つのはどっち？

あ-13-25 1693

ラッキーチャンス！

有沢まみず
イラスト／QP：flapper

ISBN978-4-8402-4123-6

疫病神から転職したばっかりのかわいい福の神・キチと、日本一不運な"ごえん"使いの高校生・外神雅人が贈る、問題いっぱいの学園ハッピーラブコメディ！

あ-13-20 1528

ラッキーチャンス！2

有沢まみず
イラスト／QP：flapper

ISBN978-4-8402-4170-0

雅人の想いをかなえるために、福の神のキチはかわいい二之宮さんとの仲を取り持とうと一生懸命がんばるが……。でもね、キチ？ それでいいの？

あ-13-21 1550

ラッキーチャンス！3

有沢まみず
イラスト／QP：flapper

ISBN978-4-04-867057-9

雅人と一緒にいるだけで幸せ♪ でもキチには、どうしても叶えてみたい望みが一つあって……。福の神キチとごえん使い雅人のハッピー学園ラブコメ、第3弾！

あ-13-22 1596

ラッキーチャンス！4

有沢まみず
イラスト／QP：flapper

ISBN978-4-04-867269-6

恋の伝道師の占いで学校は大混乱⁉ 転校したてのキチも巻き込まれ……。でも雅人の運命の人っていったい誰なの？ 幸せいっぱいの学園ラブコメ、第4弾！

あ-13-24 1665

電撃文庫

インフィニティ・ゼロ 冬～white snow

有沢まみず
イラスト／にのみやはじめ

ISBN4-8402-1775-0

ちょっと変わった女の子〝ゼロ〟。だが、彼女は哀しい運命を背負った退魔一族のたった一人の巫女だった……。第8回電撃ゲーム小説大賞〈銀賞〉受賞作。

あ-13-1 0639

インフィニティ・ゼロ② 春～white blossom

有沢まみず
イラスト／にのみやはじめ

ISBN4-8402-2100-6

そして、物語は3年前。ゼロ13歳の時。一族はその存亡を賭けた戦いに巻き込まれようとしていた……。第8回電撃ゲーム小説大賞〈銀賞〉受賞作、第二巻。

あ-13-2 0670

インフィニティ・ゼロ③ 夏～White moon

有沢まみず
イラスト／にのみやはじめ

ISBN4-8402-2159-6

神を召喚し〝他界〟から帰らぬ人となってしまったゼロ。そんな彼女をよそにヤマでは新たな憑巫の反逆が始まっていた……。受賞作の1巻に続く物語。

あ-13-3 0699

インフィニティ・ゼロ④ 秋～darkness pure

有沢まみず
イラスト／にのみやはじめ

ISBN4-8402-2216-9

白一色に染まった何もない〝他界〟で、ゼロはひとつひとつ記憶を失いながら、自らの存在が消失する時を待っていた……。感動の完結編!!

あ-13-8 0731

銀色ふわり

有沢まみず
イラスト／笛

ISBN978-4-04-867130-9

雪が降りそうな冬のある日。僕が出会ったのは、誰からも知覚されず、誰のことも知覚できない〝黄昏の子供たち〟と呼ばれるひとりの少女だった……。

あ-13-23 1617

電撃文庫

タイトル	著者/イラスト	ISBN	あらすじ	番号
C³ －シーキューブ－	水瀬葉月 イラスト/さそりがため	ISBN978-4-8402-3975-2	宅配便で届いた謎の黒い立方体と、深夜台所で煎餅を貪り食っていた謎すぎる銀髪少女（全裸）。えーと、これは厄介事の予感……？	み-7-7 1483
C³ －シーキューブ－II	水瀬葉月 イラスト/さそりがため	ISBN978-4-8402-4143-4	なんだかんだで春亮と同じ高校に編入することになったフィア。初登校の矢先、超ウッカリ・ドジ美少女が事件を引き連れてやってきて……!?	み-7-8 1535
C³ －シーキューブ－III	水瀬葉月 イラスト/さそりがため	ISBN978-4-04-867023-4	一人でお留守番中のフィアに忍び寄る黒い影。ソレは長い黒髪でフィアを捕らえて……くすぐりまくった!? 春亮と知り合いっぽいこの子って、一体誰だーッ？	み-7-9 1582
C³ －シーキューブ－IV	水瀬葉月 イラスト/さそりがため	ISBN978-4-04-867178-1	いよいよ迫る体育祭に張り切るフィアたちのもとに、今度は不思議系の「厄介事」が転がり込んできた!? 果たして無事にイベント当日を迎えられるのやら……？	み-7-10 1637
C³ －シーキューブ－V	水瀬葉月 イラスト/さそりがため	ISBN978-4-04-867422-5	フィアにとってはじめての体育祭の次は、はじめての文化祭！ ナース喫茶に焼きそば、演劇、そして妖怪・濡れ女!? ドタバタの陰に潜む怪しい人物の目的は……？	み-7-11 1692